NekoiF-ILLUST
都市貓
Hada della ciduad
Novel-微風婕蘭

CONTENT

序章・
尋找與原點

-04-

不知道從什麼時候開始，夏天結束了。

我緊抓著抄有地址的紙條，手汗讓紙條變得微微濕潤，原子筆寫下的字跡也有點暈開，不需要攤開紙條，我也能默背出紙條上的地址。

沒錯，這裡是楠的老家。

豔陽高照的下午，我所在的小巷空無一人，連隻貓都沒有經過。傳統的透天厝沒有管理員也沒有警衛，只有扭朝下的老式門鈴，門鈴的外殼破了好幾洞，灰灰舊舊的電線不知道通往何方。當然，這裡也沒有可以稱之為對講機的東西。

我深吸一口氣，按下門鈴。

遲了幾秒，門鈴的嗶嗶聲才從遙遠的彼方傳來，我豎起耳朵仔細聆聽，厚重的紅色鐵門後方一片寂靜，倒是有輛機車從後面咻的騎過，垂死的蟬厲聲尖叫起來。

「那間、沒有住人喔！」乾乾扁扁的聲音從身後響起。

「沒住人？」我愣愣的問。

「對，搬走了。」

說話的是一名和聲音一樣乾扁的老人。

「你知道他們搬去哪裡了嗎？」

老人瞇起滿是皺紋的眼睛，像是在回想，也像是在仔細審視我的臉，更像是……睡著了。

我伸出手，在老人眼前晃了晃。「老伯伯？」

「死了！」老人突然一聲暴喝：「全死光了！」

「什麼？真的嗎？」我按下搖晃老人肩膀的欲望，急切的問：「怎麼死的？」

「火燒厝！」老人斬釘截鐵的說。

「這裡嗎？」望著眼前完好無缺的透天厝，我有些困惑：「可是這裡看起來不像發生過火災的樣子呀？」

老人和我一起沉默的眺望透天厝一會兒，咳了一聲：「我記錯了，好像是墜機……不對，這好像是十幾年前那個王家還陳家，還是自殺？不對不對，那是之前姨丈的兒子的男朋友的姑丈的前妻家發生的事……」

好複雜的關係，還真難為老人家能記得。還有，你隨便亂幫姨丈的兒子出櫃這樣對嗎？

-06-

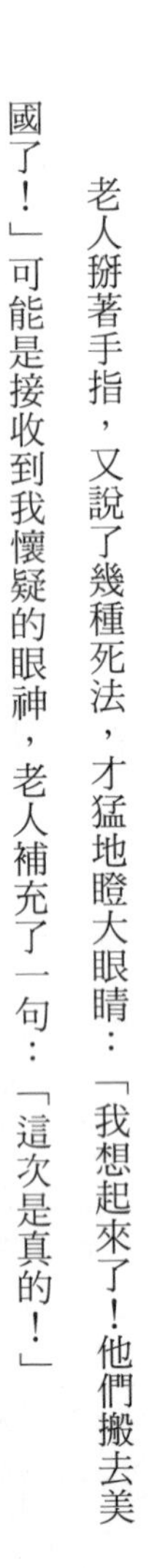

老人掰著手指，又說了幾種死法，才猛地瞪大眼睛：「我想起來了！他們搬去美國了！」可能是接收到我懷疑的眼神，老人補充了一句：「這次是真的！」

「請問你有他們的聯絡方式嗎？」我抱著微薄的希望問道。

「誰的聯絡方式？」老人瞇起眼睛：「你到底想找誰？」

「我是林羽楠的同學，我想找她……」

「喔、你要找林家的養女喔！之前聽說她病得很重，不知道送到哪裡的醫院去了。」

「請問你知道她被送到哪個醫院……等等，你剛剛說她是養女？」

「對呀！領養時就有幼稚園那麼大了，誰知道後來竟然……」老人深深的嘆了口氣。

什麼？楠是養女？

「你這個死鬼，又跑出來亂講話了！拍謝拍謝！我把他帶走了呀！」

老人被突然衝出來的老太太拉走，我仍在努力搜索腦中的記憶——楠曾向我提過她是養女嗎？好像沒有，她大概不想提、也許是覺得沒必要特別提。

如果有人跟我說：「我呀、我不是我身分證上的父母生的，我只是養女喔！」那我到底該怎麼回答呢？

所以，我不知道這件事也還算合理……吧？不過，她有跟我提過父母的事嗎？她好像有抱怨過幾次生活費變少的事，除此之外，我什麼都不知道，不是忘了、不是想不起來，而是不．知．道。

我曾將她視為世界的全部，卻連這最基本的事都不知道，也不曾去關心過。她會為了養女的事感到悲傷嗎？她真正的父母發生了什麼事？她對著我微笑的時候，上揚的嘴角是否帶著苦澀的滋味？

我……到底知道她的什麼呢？

我忽然恐慌了起來。

我再次失去了尋找楠的線索。

該怎麼繼續找下去？

應該還有辦法的——去戶政事務所詢問、去找徵信社，但我有種預感，楠已經把線索消除的乾乾淨淨，我就像角色扮演遊戲裡的主角，找不到觸發事件的機關，在迷宮裡團團轉，不知該何去何從。

許多年後，回想到那段停滯不前的時光，我就會想到有人說過的一句話：

不知道該怎麼前進時，就回到原點吧。

我想，我的原點應該就是那句話……

某個秋天的黃昏，因為某個原因，我來到了海邊，踩著破爛的木梯爬上了堤防。海浪永不厭倦的拍打在碎波塊上，卡在碎波塊間的垃圾隨著海浪起起伏伏。下午剛下過雨，天空和海都灰灰的，不知怎麼的讓我想到幾個月前的某個下午，那一天，也是陰天。一隻橘子貓不知從哪跳出來，輕巧的跳到了海堤上。

「喂，少年仔，你真的去的話，下個滿月會死囉。」

我愣了兩秒，才意識到剛才是眼前的橘子貓和我說話。經歷了過去的種種，不要說是貓了，就連台灣黑熊開口說話也不會嚇到我。至於被宣告會死，對我來說更是家常便飯。反倒是堤防上的橘子貓這個畫面讓我有種微妙的熟悉感……

「喂、少年仔，別發呆了！」橘子貓粗著嗓子說道：「你很快就會死！認真點呀少年仔！」

「喂！你幹麼搶我台詞？」「貓」跳上堤防，看到橘子貓時忽然倒退了兩步，驚叫一聲：「喵的！怎麼會是你？」

我曾被多次預告死期。

當然，被人或貓指著鼻子說「你快死了」並不是什麼愉快的經驗，但人是習慣的動物，第一次被說會恐慌，第二次會緊張，第三次則沒什麼感覺，到了第四次就有點麻木了。

這就像是放羊的小孩一樣，多喊個幾次「狼要來了」，到最後就沒人相信他的謊言了。

「貓」察覺到我的想法，亮出爪子在我的腳上抓了一下。

「如果你這麼想的話，說不定這次真的會死喔！」「貓」說。

總之，這是一個老是被預告會死的倒楣鬼的故事。

那麼，稍微把時間往回推……

時間：？地點：？

「別睡了！快點起來！」

「該是統治世界的時候了喵！」

……啥？統治世界？

「你說得很對！該是把世界掌握在我們的肉球下的時候了！」

「汪！什麼統治世界？是拯救世界吧！」說話的人（？）比前面三個有精神得

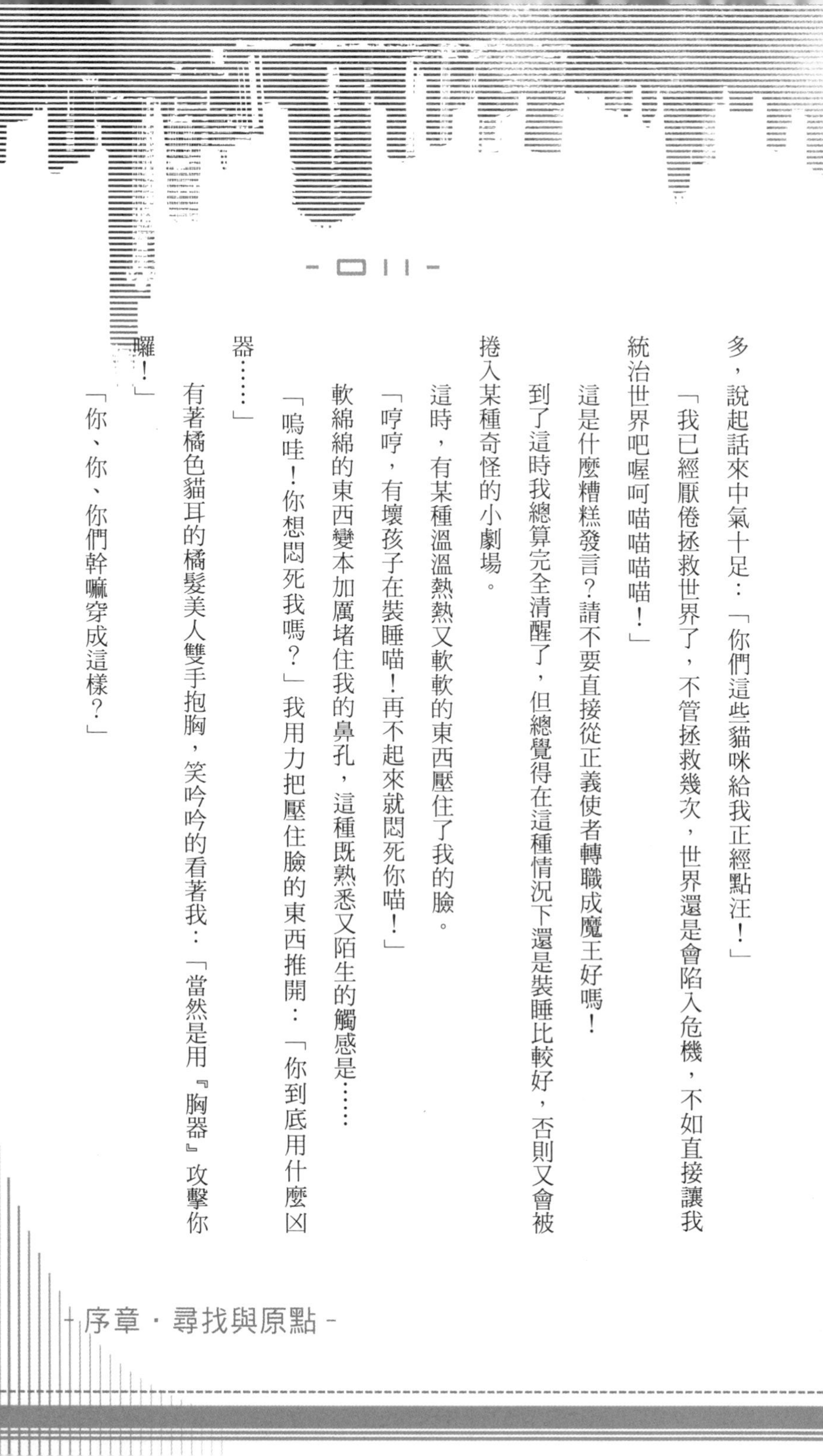

多，說起話來中氣十足：「你們這些貓咪給我正經點汪！」

「我已經厭倦拯救世界了，不管拯救幾次，世界還是會陷入危機，不如直接讓我統治世界吧喔呵喵喵喵喵！」

這是什麼糟糕發言？請不要直接從正義使者轉職成魔王好嗎！

到了這時我總算完全清醒了，但總覺得在這種情況下還是裝睡比較好，否則又會被捲入某種奇怪的小劇場。

這時，有某種溫溫熱熱又軟軟的東西壓住了我的臉。

「哼哼，有壞孩子在裝睡喵！再不起來就悶死你喵！」

軟綿綿的東西變本加厲堵住我的鼻孔，這種既熟悉又陌生的觸感是……

「嗚哇！你想悶死我嗎？」我用力把壓住臉的東西推開：「你到底用什麼凶器……」

有著橘色貓耳的橘髮美人雙手抱胸，笑吟吟的看著我：「當然是用『胸器』攻擊你囉！」

「你、你、你們幹嘛穿成這樣？」

「哪、樣、呀？」身穿黑色連身緊身衣的橘髮美人用挑逗的動作拉了拉胸前的拉鍊，讓胸前的大V變成超深V，雪白的胸器呼之欲出，被皮衣裹住的翹臀和橘色的貓尾巴也不斷擺動，令人臉紅心跳不已。

「……我也不想穿成這樣。」人型的定春瀏海被側分又用髮油固定，變成了老氣的三七分頭，身上則穿著紅色為底色的緊身衣，左側胸口則是藍色的底色加上白色的太陽，最詭異的是……定春手上拿著番薯。

「你那已經算好了……」「貓」戴著黑眼罩、穿著黑色皮大衣，以至於動作顯得相當不靈活。

我早見識過「貓」和定春在夢中各式各樣的變裝，已能淡然處之，但這次就連我也忍不下去了！

「你頭上那片黑黑的是什麼？」怎麼看起來像禿頭的頭套，還是黑的？

「不要問！」「貓」用貓掌摸了摸頭上的頭套。

「不准拿下來！這可是我的心血！」橘髮美人出聲制止：「你可是神盾喵長呀！都已經沒有超能力了，少了頭套要怎麼當神盾喵長？」

「我也不想當呀！」「貓」抓起頭套丟在地上：「頭套好緊好不舒服！還有，神盾喵長的存在價值是禿頭嗎？妳這個混帳！」

「汪！我的緊身衣也好緊……」頭上頂著毛茸茸狗耳的銀髮青年可憐兮兮的扯著身上的藍色緊身衣，附帶一提的是，緊身衣的胸口還有一個大大的「S」，下半身還有一件高叉紅內褲……

等等？這傢伙的裝扮是超人？

「喵！你這隻笨狗！緊身衣當然要緊！」橘髮美人伸手巴了銀髮青年的頭：「因為『救人要緊』呀！」

「可是……這件內褲開叉開太高了，屁股好不舒服汪！」銀髮青年一直扯著內褲。

「那個……我可以把番薯丟掉了嗎？」定春小聲的問。

「當然不行！你是寶島喵長！番薯可是寶島精神的象徵喵！」橘髮美人堅持。

「可是寶島喵長好俗，不能叫美喵隊長嗎？」定春淚眼汪汪：「而且為什麼要露腰？美國隊長的衣服明明就有肚兜哈、哈、哈啾！」

「因為布用完了，所以只好露腰了喵。本來褲子想做長褲，但因為布不夠所以做

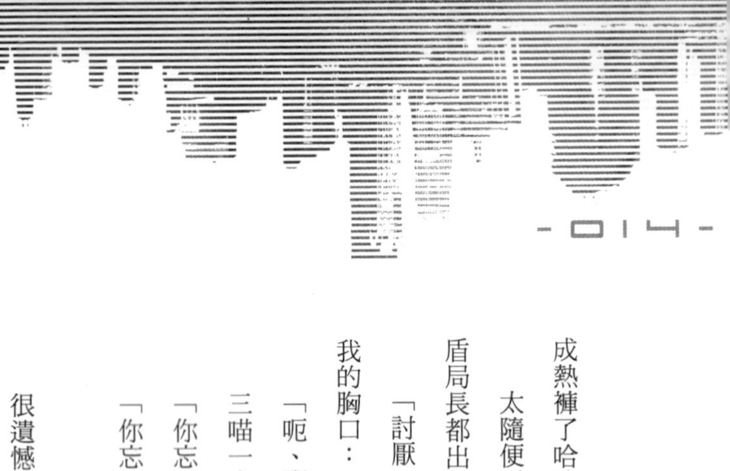

成熟褲了哈哈哈。」橘髮美人不以為意的笑道。

太隨便了吧！話說回來，這到底是什麼奇怪的扮裝PARTY？超人、美國隊長、神盾局長都出現了，眼前這位橘髮美人的打扮是……

「討厭，你竟然認不出來。」橘髮美人抖了抖貓耳，踏著貓布走向前用指尖戳了戳我的胸口：「人家是黑寡婦喵呀！」

「呃、那個……到底發生了什麼事？」我問。

三喵一犬同時看向我。

「你忘了發生了什麼事了喵？」

「你忘了發生了什麼事了汪？」

很遺憾的是，這不是夢。

這是現實。

不管是穿著緊身衣的貓妖精們還是得去拯救世界這件事，都是鐵錚錚、赤裸裸的現實。

這一切源自於暑假結束時，飛踢汪說的話。

回憶．暑假結束．聯盟組成！

「暑假結束了，我要跟主人回家了，臨走前給你們一個忠告。」

可能是馬上就要回家了，飛踢汪沒有變身，維持著吉娃娃的外型，脖子上還戴著蝴蝶結，看起來可愛中又帶了點古怪：「上次關閉妖精之門時出了一點問題，有不少流浪妖精跑出來作亂，你們這區的妖精得派出人手把這些流浪妖精送回妖精之門，否則久了可能會出問題。」

一時間，眾貓狗妖精一片沉默。

「媽咪，牠說的是『人』手，我們是貓，應該不用幫忙吧？」橘貓寶寶小聲的詢問。

「寶貝，牠當然不是在說我們，再怎麼說也有守門人和前任守門人在，怎麼會需要

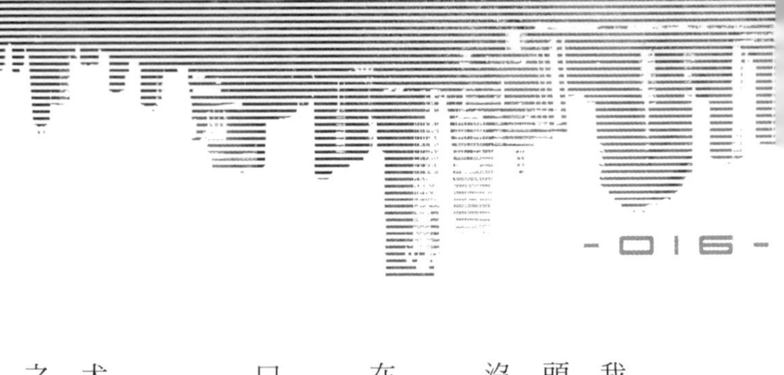

我們出手呢？」說著，橘貓媽媽意味深長的看了「貓」和虎胤一眼，「貓」馬上低下頭假裝打盹，虎胤則是躲在定春懷裡好奇的看著路邊左搖右晃的波斯菊，很顯然根本沒在聽大家在說什麼。

「汪！我們還是不要想指望這些懶貓比較實際，搞不好都世界末日了這些懶貓都還在睡覺！」哈士奇站出來說了一句非常中肯的話。

「沒錯！還是由狗妖精來守護這個世界吧！狗妖精當自強！」黃金獵犬站出來大喊口號，狗妖精們開始一起喊口號，場面十分熱血……

但我看慣了貓咪們的慵懶，看到這麼熱血的畫面反而覺得好不習慣呀！

「很遺憾，只有你們這些笨狗是無法拯救世界的。」「貓」跳到石桌上，俯視眾犬：「要把流浪妖精送回妖精之門，一定得由『守門人』——也就是我或虎胤打開妖精之門，將流浪妖精送回家。」

「那你就自己好好加油吧！」哈士奇毫不留情的回道：「事情是你自己攬下來的，不可以把責任推到小虎胤身上！」

「喵？」虎胤聽到自己的名字豎起耳朵喵了一聲，跳起來撲向哈士奇的尾巴，原

本在打瞌睡的定春趕忙上前抓住虎胤，虎胤以為定春在和牠玩，一個矮身就從定春的胯下鑽了過去，還順勢抓了站在一旁的米格魯一把，一旁的橘貓寶寶歡呼一聲也加入戰局，有些貓趁亂偷打看不順眼的狗狗，一時間貓飛狗跳好不熱鬧！

「大家不要鬧了！」飛踢汪大喝一聲彈身而起，神乎其技的把兩隻不斷搗蛋的小貓——橘貓寶寶和虎胤——壓在腳下：「事情沒你們想得那麼簡單！妖精之門又不是廁所的門，愛開就開愛關就關，在不是天時地利的情況下，只能由守門人打開一條細縫，光是打開細縫就很費力了，不可能由守門人獨自完成打敗妖精和送回妖精之門全部的動作，一定要有其他妖精幫忙將流浪妖精打敗，再由守門人打開妖精之門。」

「既然如此，協助守門人的工作就交給熱心助人愛好和平的狗妖精們了。」橘喵媽對狗妖精們拋了個媚眼。

「嘖！我就知道你們這些懶貓幫不上忙。狗妖精們，我們去旁邊討論要怎麼輪班。」哈士奇對「貓」揚了揚下巴：「還有你，別想跑汪！」

「咳、身為別區的守門人，我不該干擾太多貴區的事務，但同為狗妖精，我給你一個良心的建議——這次的流浪妖精數量很多，光靠狗妖精去捕捉可能會有點吃力。」飛

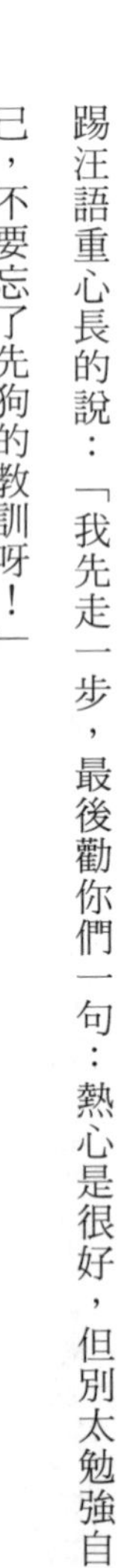

踢汪語重心長的說：「我先走一步，最後勸你們一句：熱心是很好，但別太勉強自己，不要忘了先狗的教訓呀！」

「也對汪。」

「要是變成那樣也太慘了汪。」

「我可不想變成那樣汪。」

狗狗們開始竊竊私語，說話間還有幾隻感情豐富的小型犬眼角含淚，讓我十分好奇。

「請問……先狗的教訓是什麼？」我說。

「先狗的教訓是……」哈士奇哽咽了兩聲，才控制住情緒繼續說道：「以前有個狗族首領很熱心、心腸很好，經常到處助人、助貓助狗助妖精，明明力量已經不夠了，還是不顧己身用能力幫助別人，有一天終於耗盡了所有的記憶力……最後失憶了、還變回了普通的狗，連牠家巷口的小貓都能騎在牠頭上，最後附近的貓輪流把牠當馬騎……你真的好慘呀！老爸！」

結果搞了半天那隻不幸的狗竟然是你爸！你當初怎麼不勸勸牠呀！

「兄弟，不要難過。」黃金獵犬走過來蹭了蹭哈士奇的頸子，輕聲安慰道：「陪小貓玩也算是做善事，至少令尊到最後還是貫徹了熱心助人的初衷啊！」

好正向的思考呀！

「守護世界貓狗有責，你們貓族也不能置身事外。」站出來說話的杜賓狗體態修長、英氣勃勃，說起話來也正氣凜然。

……話說回來，我之前有見過牠嗎？

「說什麼貓族不能置身事外，你是我們的誰呀？我記得妖精們需要尊重守門人的指令，新舊守門人都是貓族，你想管我們怎麼不先去競爭守門人呀？」黑貓撇了撇嘴：「話說回來，之前『誰是守門人』大賽時你不在，上哪去了喵？」

「唉呀~這不是小乖嗎？度完假終於回來了喵？」橘貓媽媽熱情洋溢的打了聲招呼：「一度完假守門人的位置就拱手讓人了，感覺很棒吧喵！」

「小乖小乖乖乖聽話喵！」橘貓寶寶興奮的衝過去拍打杜賓的腳。

「妳這隻臭嘴貓！不要以為妳身材比我嬌小，我就、我就奈何不了妳汪！」杜賓往前走了一步，橘貓寶寶被杜賓狗突然的動作嚇了一跳，倒抽了一口氣後跌倒在地。

「你怎麼可以欺負小貓！」哈士奇馬上出聲指責。

黃金獵犬緊隨在後，衝向前擋在橘貓寶寶身前，對著杜賓狗大喊：「你的榮譽心呢！」

眾狗妖精開始紛紛指責杜賓狗以大欺小，不符合狗妖精的榮譽精神，狗妖精開始內鬨，貓妖精們趁機偷懶和落跑，應該要主持大局的「貓」說完話後，就靠著定春打瞌睡，顯然今天的貓狗妖精大會即將第N次以沒有結論收場。

「咳、大家別鬧了。」我抓起睡得迷迷糊糊的「貓」，試圖引起大家注意：「也許你們不會被流浪妖精影響，但你們的主人有可能因為流浪妖精作亂而受傷呀！有些貓狗沒有主人，但還是有好心人常常餵你們吃飯吧？你們希望他們因為你們沒有阻止流浪妖精而受傷嗎？」

一聽到主人可能會受傷，狗妖精馬上安靜下來，貓妖精們的視線開始閃爍，就連從頭到尾都在睡覺的定春也動了動耳朵。

「要幫忙是可以，但收拾流浪妖精需要用到能力吧？比完誰是守門人大賽後，『記憶』都快用光了，累死貓了喵！」同樣也叫飛蹋的奶油色波斯貓說完後伸了個懶腰，一臉很睏的樣子。

守門人大賽時，飛踢喵以一招「必中的飛踢」踢進了比武大會的決賽，當時牠又變身又使用能力，直到現在都還沒恢復原本的記憶存量。

「對呀！」杜賓同意飛踢喵的看法：「要是貓狗妖精輪完一輪，還沒辦法把流浪妖精收拾完就麻煩了，如果大家的體力和記憶存量都耗盡了可能會有危險。」

「什麼危險？」會有其他區的妖精大舉進攻嗎？

「和主人玩時會接不到飛盤。」杜賓一本正經的說。

這哪裡危險呀！但貓狗和人的價值觀不同，和牠們認真就輸了。

「補充記憶真的這麼慢嗎？」我有些好奇。定春和「貓」只要記憶量一不足就會跑來找我補充，所以我不太清楚一般妖精補充記憶的情況。

「真的很慢喵。」飛踢喵回道：「唉，我們又不能隨便偷走人類的記憶，只能夠靠吸取空氣中被遺忘的記憶慢慢補充，又沒有什麼能快速補充記憶的方法……」

飛踢喵話說到一半，眼神突然亮了起來，其他的貓注意到這詭異的停頓，紛紛抬頭看了我一眼，有幾隻貓還用鼻子在空中嗅了嗅，還有幾隻不約而同的舔了舔嘴唇，我頓時感到一陣惡寒。

「原來快速補充記憶的方法，看似遠在天邊……」飛踢喵一個縱身，跳到我的肩膀上，對著我的臉嗅了嗅：「原來近在眼前呀！」

「喵，好人如果願意提供記憶的話，要我做什麼都可以喵！」橘喵媽媽興奮的說：「要我打流浪妖精還是推倒我都OK！」

「我推倒一隻貓幹嘛？再說要是你們全都跑來吸取我的記憶，我不馬上變痴呆才……嗚！」橘貓媽媽猛然躍起，前腳在我的褲腰處一勾，就跳到我的胸前，我被牠出其不意的撞倒，不幸的是，往後倒的時候還撞到了頭。

星星，我好像看到頭上有好多星星呀……

毛茸茸的東西碰到了我的嘴唇，我的腦中一片空白，連星星也看不見了。

「我、可、不、只、是、一、隻、貓、喔！」橘紅捲髮的美豔女子俯臥在我的胸口，一邊伸出修長的手指在我臉上劃圈圈、一邊吐氣如蘭的說：「怎麼樣？有沒有迷上人家喵？」

「橘喵媽媽？」我愣了三秒，連忙屏住呼吸閉上眼睛雙手往前推：「不要過來！」

「討厭！你摸到哪裡去了喵？好人你的記憶真的好純、好好吃，吃得好滿足喔！吃完不但能變身，還身輕如燕！想這樣那樣都可以喵！」說完紅髮美女在空中翻了好幾圈，才捧著臉頰在草地上打滾：「好久沒這麼盡情的變身了，好開心、好滿足呀！」

「喂、是有這麼滿足嗎？沒衣服穿就給我快點變回貓型！」不然我不敢用正眼看她，怕看了會噴鼻血呀！

「真的有這麼好吃喵？媽咪我也想要。」橘喵寶寶抓住我的褲管，奮力想往上爬。

「哼！我才不會為了變身就去做那些麻煩事喵！」飛踢喵說完後吞了口口水。

一時間，吞口水的咕嚕聲此起彼落，全場的貓狗開始向我逼近。

「大、大家冷靜一點！」我開始往後退，退了兩步撞到涼亭的柱子，這才發現我在不知不覺間被逼到角落無處可逃，一群看起來餓了很久的貓狗很快就會撲上來：「不要過來！你們一起上我一定會被榨乾！」

而且你們這一大群貓狗變身後全是裸體的，要是被巡邏警察看到一定會以為我在這裡開天體營呀！到時警察來你們全都變回原狀跑掉，會被抓到警察局的只有我呀！

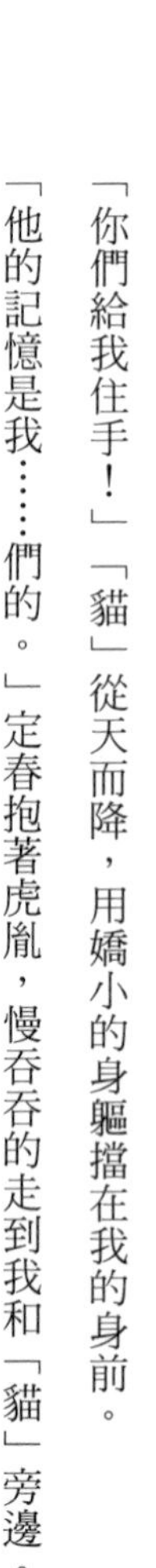

「你們給我住手！」「貓」從天而降，用嬌小的身軀擋在我的身前。

「他的記憶是我……們的。」定春抱著虎胤，慢吞吞的走到我和「貓」旁邊。

定春的發言在貓狗間激起了軒然大波。

「憑什麼呀！」

我又憑什麼要給你們吃呀！

「對呀對呀！好人的記憶是大家的共同財產汪！」

才不是！

「不然用比賽來決定誰能吃好了喵！贏的人就能吃喵！」

你們不用考慮我的心情嗎？

「大家先冷靜下來，今天開會的重點不是在能不能吃我的記憶，而是要解決流浪妖精亂竄的問題吧！」

我試著提出理性訴求，很可惜的是完全沒人理我，貓狗妖精還是鬧哄哄的吵成一團，還有幾隻貓衝過來被定春打倒在地，「貓」也被迫加入戰局，橘貓寶寶這時已經爬到我的大腿，正努力爬上我的褲襠……我受不了啦！

「你們想吃可以！大家要幫忙！」我大聲吼道。

一聽到能吃大家馬上停下手邊的工作——貓偷打狗，狗忙著擋貓的攻擊——豎起耳朵一起看向我。

「那個、維護世界和平，貓狗有責，人類也有責任嘛！」同時被這麼多眼睛盯著，我感到壓力很大：「所以排個時間表，輪班對付流浪妖精，我也會提供有輪班的妖精記憶，這樣大家收拾起流浪妖精也比較快，大家覺得好嗎？」

一聽到有得吃，大家齊聲歡呼通過這個提案，還很快的商量好輪班表，連處理緊急狀況的人員都安排好了。只有定春和「貓」用看著紅杏出牆的老婆的眼神看著我……

我不是你們的專屬食物好嗎！

不對！我根本不是食物！我只是義務幫忙！

「為了激勵士氣，我們來幫這個行動取名字吧！」杜賓狗不管什麼時候總是如此熱血：「叫『打倒流浪妖精計畫B』如何？」

「名字太長了！而且為什麼是計畫B呀？計畫A又是什麼？」「貓」無情的出聲吐嘈。

「我想到了我想到了喵！」橘貓媽媽興奮的舉手：「叫『復仇者喵盟』吧！」

你們要為什麼東西復仇呀？還有你們把狗妖精放到哪裡去啦！

「汪！我要抗議！」哈士奇馬上指出這個名字裡的問題：「狗妖精也有幫忙，為什麼名字裡只有貓沒有狗？這不公平！」

「喵！乾脆叫『記取先狗的教訓』吧。」黑貓涼涼的回道。

「嗚汪～～老爸！」哈士奇大哭，狗狗們紛紛上前安慰。

「趁著笨狗們忙著安慰彼此，我們趕快定案吧！大家贊成『復仇者喵盟』這個名字嗎？」「貓」非常隨便的問完，不管其他喵有沒有回應，馬上接下去：「沒有人有意見，那就決定是『復仇者喵盟』囉！」

太隨便了吧！還有，取什麼名字根本不重要好嗎！

「耶！那我們來分配角色吧！」一隻黑白乳牛貓舉起貓爪說道：「我的臉上半部是黑色的，像是戴了蝙蝠俠的面具，所以我要當蝙蝠喵！」

「蝙蝠俠是正義聯盟的角色！不是復仇者聯盟的好嗎？」

「沒錯！正義聯盟和復仇者聯盟根本不同公司呀！怎麼能搞在一起！」

乳牛貓馬上遭到眾喵砲轟。

話說這些貓為什麼會這麼清楚這種搞不好一般人都不知道的知識呀？大部分對美漫不了解的人只會覺得超人、蝙蝠俠、蜘蛛人、鋼鐵人都是超級英雄，根本不知道他們是不同公司旗下的超級英雄吧！

定春讀出我的想法，解釋道：「貓咪們常會陪主人看影片，多少會知道一點。」

「而且平常待在家裡很無聊，只好上網看一些有的沒的喵！」臭妹說。

「少來了，臭妹是打不贏我，搶不到電視才去上網的喵！」飛踢喵接口道。

你們的主人收到電費帳單應該很想哭吧！

「大家聽著，我要當黑寡婦喵！誰都不准和我搶！」橘喵媽媽扭腰擺臀擺了個POSE：「看看我的紅髮、我的翹臀，我就是黑寡腹喵！」

「妳才不是寡婦！我還沒死呢！」黑貓怒吼一聲，變身成黝黑健壯的男子，把橘喵媽媽拉到角落：「沒穿衣服就在那邊搔首弄姿像什麼話呀！」

這位先生、不，這隻公貓，你也沒穿好嗎？話說回來，原來他們是夫妻？

「少來了！你是我的誰呀？憑什麼管我喵？」橘喵媽媽抬起膝蓋頂了一下，黑貓迅

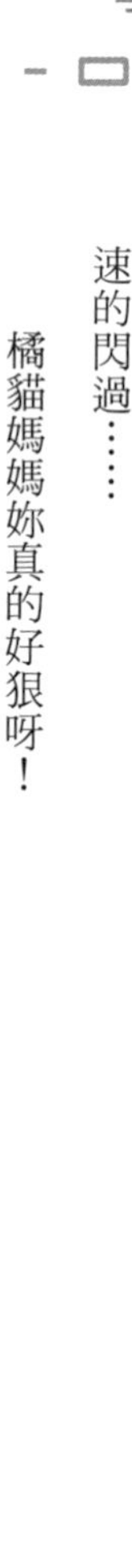

速的閃過……

橘貓媽媽妳真的好狠呀！

「妳說這什麼話喵？孩子都跟我生了……」

「那又怎麼樣？你和那隻花貓是怎麼回事？」

「他們又來了。」臭妹嘆了口氣：「母貓與小貓難養也！」

你就這樣否定掉超過一半的貓，不怕被大家圍毆嗎？

「不要理他們，我們快來分配角色吧！我要當鷹眼喵！」飛踢喵擅自做了決定：

「鷹眼射箭百發百重，我的『必中的飛踢』也百發百中！」

「我要當雷神索喵！」

「我要當驚奇喵！」

「我會隱型當然是隱型喵！」

「我是霹靂喵！」

貓咪們紛紛點名要當《復仇者聯盟》中的熱門角色，如前面所說，定春被指派了

「寶島喵長」——這個美國隊長本土化和貓化後的角色，到最後連一些我沒聽過的角色

也有貓咪要走了，這時我注意到有個有出現在《復仇者聯盟》電影的角色沒被提到。

「沒人要當綠巨人浩克嗎？」我問。

「稱號叫『綠巨喵浩克』像話嗎？」飛踢喵嗤之以鼻。

「貓咪們又不使用蠻力，也不會失去理智，一點都不適合浩克這個名字喵！」橘喵媽媽撇了撇嘴：「這麼難聽……不、優秀的稱號，就交給狗狗吧喵！」

「汪！你們不要太過分！」這下連忠厚老實的黃金獵犬也生氣了：「你們不是不使用暴力，而是沒有暴力可以用吧汪！」

「你們專門使用言語暴力！」白色的小博美躲在黃金獵犬旁奶聲奶氣的說。

「喔？小白雪你上次從桌子上跌下來的傷治好了呀？能出來散步啦？」橘貓媽媽掩嘴輕笑：「走路小心點，別不小心跌倒又骨折喵！」

我之前就聽說小型犬的骨頭比較脆弱，不小心從高處跌落可能會骨折，但橘貓媽媽實在說得太過分了，「貓」又一臉不打算管這件事的樣子，我怕貓狗妖精又開始無休無止的吵了起來，趕緊站到兩個陣營的中央。

「大家不要吵架！請大家依輪班表作業，時間到的時候來找我，我們再一起行

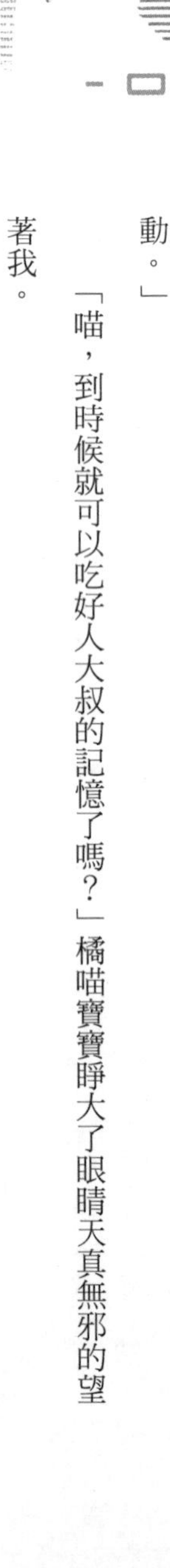

動。」

「喵，到時候就可以吃好人大叔的記憶了嗎？」橘喵寶寶睜大了眼睛天真無邪的望著我。

我咬牙。「對！」

咕咚！所有的貓狗妖精都吞了一口口水。

「我不是食物！不要用那種垂涎三尺的眼神看著我呀！那邊那隻米格魯！你的口水已經流出來了啦！」

第一日・

第一日・現實・復仇者喵盟出動！

「你想起來了嗎？」人型的橘貓媽媽在我眼前搖晃手指，胸前的兩團「凶器」也不受緊身皮衣的束縛隨之搖晃。

「不是想不起來，而是『不想』想起來吧！」神盾喵長……不、「貓」說完後，跳到我的肩上……原本是打算這樣，不曉得是不是戴著眼罩抓不好距離感的關係，「貓」跳起後撲了個空，從我右肩旁五公分的距離飛過，然後直直掉到地板上，落地時還被擺在床邊的背包帶絆了一下，摔倒在地。

「噗叱。」哈士奇忍俊不禁。

「啊哈哈哈！」橘貓媽媽放聲大笑。

「我什麼都沒看見。」定春伸手遮住耳朵。

……話說你遮住耳朵幹嘛？

「我、我才不是跌倒！是地板、是地板有點滑！」「貓」結結巴巴的辯解：「都是眼罩啦！為什麼一定要戴眼罩！距離感好難抓呀！」

「沒有禿頭和眼罩怎麼算神盾喵長！」橘貓媽媽堅持。

我再說一次，妳到底把神盾局長當什麼啦！

「我不想拿著番薯……」定春隨之提出抗議。

「這件紅內褲好緊，尾巴被夾得好痛……」哈士奇跟進。

我怕大家一抱怨又沒完沒了，決定站出來主持局面。

「等等！各位冷靜！穿什麼根本不重要……」看到橘貓媽媽伸出利爪在我的腰下三吋隔空比劃了兩下，我馬上改口：「這些衣服做得真好，是訂做的還是親手做的？」

「當然是我做的喵！」橘貓媽媽得意洋洋的說。

「等等，今天根本不是輪到妳出任務吧？」我瞄了一眼放在桌上的班表。

「對呀！但我衣服好不容易做好了，當然要趕快拿出來秀一下。」橘貓媽媽扭了扭屁股：「你看，做得很緊身吧！」

就很緊這點我想應該沒錯。

「妳為什麼會做衣服？這些布是哪來的？」

「我的主人有玩角色扮演，買了一堆布堆在家裡，連她自己都搞不清楚買了哪些，就拿一些最近不會用到的布來做囉！」

……這些貓妖精不但會上網看電視還會手工藝，再這樣下去，人類搞不好有一天會被貓統治。

「我們才懶得做這麼麻煩的事，有人服侍不是很好喵？」橘貓媽媽讀到我的想法後擺了擺手：「還有你不要老在心裡叫我『橘貓媽媽』，我是有名字的！叫我『小橘紅』！」

也是，明明認識一陣子了，一直不知道牠們名字也挺奇怪的，我看向哈士奇：「你叫什麼名字？」

哈士奇銀色犬耳動了動，白皙的臉頰微微發紅：「我叫小哈。」

因為是哈士奇所以叫小哈嗎？一聽就是隨口叫的呀！

「別聊了，來講正事吧！我還想早點睡呢！」「貓」揮了揮貓掌引起大家的注意：「線報指出，近來常有工程師加班夜歸時迷路，不管怎麼走都回不了家，和傳說中的『鬼打牆』十分相似，推測可能是流浪妖精造成的。」

「鬼打牆？知道原因嗎？」我說。

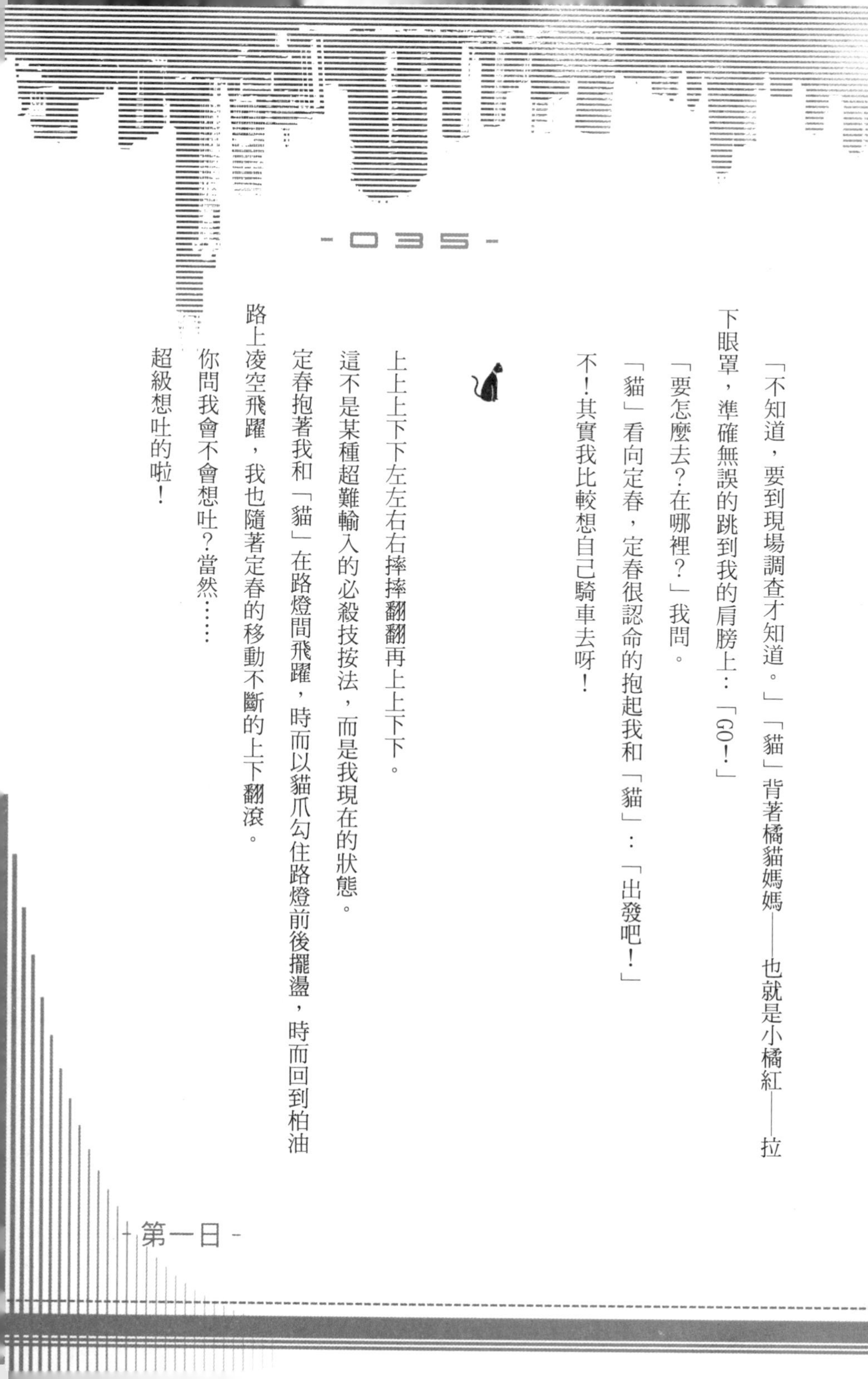

「不知道，要到現場調查才知道。」「貓」背著橘貓媽媽——也就是小橘紅——拉下眼罩，準確無誤的跳到我的肩膀上：「GO！」

「要怎麼去？在哪裡？」我問。

「貓」看向定春，定春很認命的抱起我和「貓」：「出發吧！」

不！其實我比較想自己騎車去呀！

上上上下下左左右右捧捧翻翻再上上下下。

這不是某種超難輸入的必殺技按法，而是我現在的狀態。

定春抱著我和「貓」在路燈間飛躍，時而以貓爪勾住路燈前後擺盪，時而回到柏油路上凌空飛躍，我也隨著定春的移動不斷的上下翻滾。

你問我會不會想吐？當然……

超級想吐的啦！

我其實比較想自己騎機車去啊啊啊！

雖然我在長久的鍛鍊後，已經進步到只是想吐而不會真的吐出來，我想我現在可以連續坐十次大怒神而面不改色，但這樣還是超級不舒服的啦！

「你好重。」定春不滿的說。

「人家是不會幫你的喵！畢竟我是柔弱女子喵！」小橘紅跳到定春身旁，對我眨了眨眼睛。

「說什麼弱女子，明明就比我壯。」定春以只有我聽得到的音量小聲說道。

在柏油路上以超快速度奔馳的小哈原本已超前我們許多，一聽到我們的對話，便以非比尋常的速度衝到我們身旁：「汪，需要我幫忙嗎？」

「真的可以嗎？」我說。

狗不像貓有非比尋常的跳躍力，移動方式以奔跑為主，怎麼想都會比被定春抱著這樣上下搖晃來得舒服。

「不行！我討厭狗的味道。」「貓」皺起鼻頭嫌惡的說道。

「你可以給定春抱呀！還是你有什麼不能和我分開的原因呢？」我問。

「才、才沒有！我一點也不想給你抱！」「貓」揮爪在我手臂上抓了一記，飛快的從我懷裡跳到定春身上：「定春！GO！」

什麼呀？我只是單純的想問原因呀！這隻「貓」是怎麼回事？鬧什麼彆扭？再說牠為什麼不自己走，一定要別人帶著牠走啊？

我一頭霧水看著定春抱著「貓」絕塵而去。

小哈拍了拍我的肩膀，露出爽朗的笑容：「我們一起走吧！」

「好。」狗狗的性格果然正常多啦！

「喵、你們到了呀？還真快。」小橘紅詫異的說：「好人你蹲在旁邊做什麼？」

「……休息。」我竟然忘了……速度太快和上上下下一樣會讓人想吐啊！

「你怎麼臉色發青啦？該不會是速度太快所以又想吐了？」「貓」壞心的笑了兩聲：「還真是脆弱呀！」

「我是人，和你們這些整天跳上跳下的貓不一樣，會想吐錯了嗎？」我不滿的說道：「為什麼不讓我自己騎車過來？」

「當然是為了節能減碳喵！」小橘紅斬釘截鐵的說。

「節能減碳人喵有責。」定春一臉正經的接話。

最好是！你們在家偷開冷氣、偷開電腦、還偷用主人的縫紉機車衣服時怎麼都沒想到節能減碳呀！給我用手縫！

「汪，我們還是先解決今天的任務吧。」小哈趕緊插入正題。

看來小哈也對貓妖精們的習性非常了解——只要有兩隻以上的貓咪，就有可能會拌嘴拌到天荒地老，唯一停下來的原因是所有的貓都睏了。

「這裡是哪裡？」眼前所見是典型的園區風景——長相相似的高樓包圍著馬路，我一時之間辨認不出這裡是何處。

「笨蛋！你『暈狗』還沒暈完呀？你每天都來園區上班，怎麼會認不出來？」「貓」說。

「園區的路都長得很像，如果不是常走的路，怎麼可能一眼就認得出來？」我看了一下路牌，果然是我不常經過的路。

科學園區裡沒有容易辨識的店面、也沒有明顯的路標，只有一棟又一棟的大樓。每

棟大樓雖然會標示公司名稱，但多半標示在高處，晚上根本看不清楚。

再加上園區的路名都很類似，像什麼園區一路、園區二路、園區三路，研發一到九路等等，最詭異的是名字相同的路不是平行的，還會交會，有時一條路走到底又會改名叫另一條路……總而言之，園區的路對於方向感不是太好的人不是很友善，會迷路也不奇怪。

「等等，你怎麼能確定那些人不是真的迷路？」加班加到半夜時多半已經昏昏沉沉的了，會迷路也不奇怪呀！

「有貓妖精也遇到了鬼打牆的狀況，一定不會錯！」「貓」自信滿滿的說。

「迷路的是糖糖吧？牠不是有名的路痴喵？」小橘紅說。

定春點頭。「糖糖在自己家門口轉三圈就認不得回家的路了。」

「你們說的是那隻有點胖胖的三花貓嗎？牠不是住在我家隔壁嗎？牠跑來這麼遠的地方幹嘛？」小哈顯得很困惑：「牠是因為迷路才會跑到園區嗎？」

「你們說這什麼話？」「貓」惱羞成怒：「身為貓妖精難道會分不清楚是自己迷路還是鬼打牆嗎？阿哲，你應該也這麼認為吧？你相信我吧？」

「呃、接下來要怎麼查？在這附近走一走嗎？」我試著轉移話題。

「等！」「貓」簡潔有力的說道。

「那我先睡一下喵。」小橘紅就地躺下，懶洋洋的滾了兩圈，定春則是直接站著打瞌睡。

「等什麼？」小哈很捧場的提出問題。

「據線報指出，鬼打牆都是在十二點後發生的，我們就先等到十二點再看看吧。」「貓」說。

還線報勒！不就是一隻會迷路的貓妖精嗎？我忍不住在心裡吐嘈了一番。

復仇者喵盟一開始的任務內容都很簡單。像是有妖精搗蛋偷彈女生內衣的釦子，或是在機車騎士騎機車時偷灑胡椒粉讓人打噴涕等像惡作劇一樣的事件，這只要把搗蛋的流浪妖精丟回妖精之門後即可；也有不少和電腦有關的事件，這種類型更簡單，直接請萬能的BUG妖精阿亂協助找出作亂的流浪妖精，再讓「貓」出面把這些流浪妖精送回妖精之門。

今天的鬼打牆事件既看不出是否和妖精有關，沒有實際遇上也不知道到底有沒有這回事。嗯，雖然有三隻妖精作陪，我還是不太想遇到鬼打牆這種鬼事……要是真的遇到鬼怎麼辦？

「現在幾點了？」小哈問。

我看了一眼手錶，不以為意的報出錶上的時間：「十二點五分。」

「不知不覺間已經超過十二點了。」小哈動了動耳朵：「好像也沒發生什麼事汪。」

定春突然睜開眼睛。「我們在哪裡？」

「會在哪裡？我們剛剛又沒有移動……」

我的話還沒說完，小哈猛然跳到我面前擺出警戒姿勢，原本躺在地上睡覺的小橘紅也翻身跳起。

「貓」跳到我的肩膀上。「空氣的味道變了。」

我用力嗅了嗅，只勉強聞到非常非常淡的焦味，這也證明不了什麼，搞不好只是有某間工廠火災了或是偷偷排放廢氣什麼的呀！

「你們有看到什麼嗎？」看牠們的反應這麼大，我也有點緊張。

「天空扭曲了。」

定春指向某棟高樓和天空的交界，小哈和小橘紅都一臉凝重，「貓」……站在我肩膀上，我看不到牠的臉。

「有嗎？」我怎麼看都看不出來哪裡扭曲，話說回來，貓和狗都有近視，真的看得清楚嗎？雖然我也有近視就是了。

「我有很不安的感覺，我們先走去別的地方看看吧。」「貓」提議。不知為什麼，總覺得「貓」的聲音有點緊繃。

「走吧！我守住前面，大家小心汪。」小哈自告奮勇走在前頭，牠高大寬闊的背影多少令人感到安心。

至少比那個躲在我後面，隨時準備把我抓來當盾牌的小橘紅令人安心多了。

一人一狗三貓慢吞吞的走過轉角，我看了一下路牌，展業一路，奇怪了，我記得剛剛我們是在力行路上，這兩條路應該沒有相接呀！

「等等！我們退回去剛剛那條路看看。」我說。

退回原路，頭上的路牌寫著「研發六路」。

這怎麼可能？我們轉彎前還在力行路上，不過轉個彎、退回來，又跑到了另一條路上？

「該不會……」

我不顧小哈的攔阻，往前跑到轉角處，果不其然，剛才看見的展業一路變成了園區三路，街景也和方才所見截然不同，除非我們全都學會了瞬間移動，不然就是……

「該死！我們真的遇到鬼打牆了！」

「鬼打牆……真的會遇到鬼嗎？」小哈的聲音有點抖。

「笨狗！不然怎、怎麼叫鬼打牆。」小橘紅結結巴巴的說。

等等！傳說中貓狗都有陰陽眼，能看到常人看不見的東西，鬼呀幽靈什麼的應該早就看慣了吧？

我拍了拍站在我肩上的「貓」。「笨貓，想想辦法呀！」

「……我想想。」「貓」從牙縫中擠出三個字，又不說話了。

我不想乾站著，索性在轉角處來回走動，每走過一次轉角，路名和街景都不一樣。建築物和天空的交接處有著淡淡的波紋，建築物本身也有些矇矓不清。這些景象會不會……是假的?只是我們看見的幻覺?如果一直往前走的話……

「咦?阿哲,你剛不是走過去了嗎?怎麼會從這邊出現喵?」小橘紅背對著我,向遠方招手。

矇矓的路燈映出小橘紅前方的人影,那是一個同樣戴著眼鏡、穿著藍色T恤和牛仔褲、但有M型禿的中年人……

「妳給我等一下!我的頭髮明明就還很多,你們的近視也太嚴重了吧!這樣也會認錯!」

「貓」的爪子猛然收緊。「大家快跑!」

「啊?」跑什麼?那傢伙不就一名普通的路人嗎?我們跑什麼?我還比較擔心他被你們的穿著嚇到勒!

「啊!」小橘紅尖叫:「他、他、他……他是半透明的喵!」

「有、有、有、鬼呀!」小哈發出和他的外表形象不符的尖細叫聲,撈起小橘紅扛在肩上拔足狂奔。

「走!」定春也抓起我和「貓」就跑。

「啊、我的眼鏡掉了！」定春跳躍時的動作太猛，一個迴身時我的眼鏡也飛了出去，我的近視雖然不重但也不輕，沒了眼鏡什麼都不能做。

「嘖！」定春把我放回地上去找眼鏡。

「你待在這裡不要亂跑，我去把笨狗叫回來。」「貓」說完就跳下我的肩膀，跑向小哈和小橘紅消失的方向。

轉眼間，周圍只剩下我一個人，更慘的是我的眼鏡還掉了，視線一片迷濛，我站在原地往四周看去，沒看到「貓」也沒看到定春，更沒看見小哈和小橘紅的影子，牠們到底跑哪裡去了？

「定春！你找到了沒？定春？」我高聲喊道。

沒有人也沒有貓回答我，連回音也沒有。

街道上不知何時起了霧，再加上我的近視，可見度變得更低了，剛才「貓」要我不要亂跑，但我要一直待在這裡不動嗎？要是牠們都不回來，或者是牠們都回到原本的世界，那我一個人怎麼辦？

砰！

身後傳來重物落地的聲音，我不敢轉頭看，直覺就想往前方跑，但才跑出第一步，手上就有什麼冰冰涼涼的東西拂過，在我轉頭的瞬間，我只看見一名身穿無塵衣的身影，而且那個身影是半透明的。

我暈了過去。

「喂、喂！快起來！」

有什麼尖銳的東西刮著我的手，還有什麼毛茸茸的東西在我的脖子搔來搔去令人發癢，但我的頭好痛、好重，怎麼也動不了。

「你再不起來我就用貓爪抓你了！」

「再用尾巴搔你癢喵。」

「你、呼……你們已經這麼做了吧……」我氣喘吁吁的回道，說到一半差點被嘔吐物嗆到：「我剛……吐了？」

「對喵！我一回來就看到你趴在自己的嘔吐物裡。我可是費了千辛萬苦才把你翻過來喵！」小橘紅捏著鼻子說。

「妳哪裡辛苦了，明明就是我翻的汪！我怎麼能讓比我弱小的生物搬重物！」小哈就連吐嘈也十分彬彬有禮。

……那個，我並不是重物好嗎？我的BMI只有21根本不胖呀！

「你還好嗎？剛才到底發生了什麼事？」定春水汪汪的大眼睛裡寫滿擔憂。

「我聽到了某種聲音，想逃走時手被拉住，然後我看見了一個穿著無塵衣的人，嗯……無塵衣就是某種白白的連身的衣服，對了，那個人看起來是透明的。」我努力回憶剛才的情景：「然後我突然覺得很不舒服，我不知道該怎麼說，就是有種很奇怪的感覺……」

「覺得很沮喪？」一直保持沉默的「貓」突然開口。

「沒錯！不只是沮喪，我還覺得很絕望，那種感覺強烈到讓人想吐……好啦，事實上我也吐了。對了，好像還聽到有人在我耳邊吼著『我不想加班』、『事情做不完』，這種感覺太密集了，我就暈過去了。」

「喵，你剛剛說的無塵衣是不是白色的，只露出眼睛的衣服？」小橘紅說。

「汪！這個不是重點吧！不要隨便打斷好人說的話！」小哈說。

「我才不隨便喵！我會問是因為……」

「那裡有好多人穿著無塵衣。」定春指向路口。

十來個穿著無塵衣、沒有影子的半透明人影一字排開，站滿了整個路口，最要命的是他們正向我們走來！

「快逃呀！大家還愣在這邊做什麼？」我說。

「那邊也有耶！不過他們穿的比較普通汪。」小哈指向路的另一端。

一群穿著格子襯衫、戴著眼鏡的男性向我們走來，他們長相各異，但全體都散發著濃濃的工程師氣質，當然，他們也沒有影子。

兩路人馬包圍住路的兩端，轉眼間距離已縮短到只剩下十公尺。

「大家先逃到高處！」「貓」發號施令。

定春和「貓」早有默契，「貓」的話還沒說完，定春已扛起我和「貓」跳到路燈上，小橘紅也絲毫不示弱，幾個跳躍就跳到了另一個路燈上。

「等等我！我不會跳汪！」小哈著急的大喊。

小橘紅嘖了一聲，跳回到柏油路上，拉起小哈的領子就要往上跳，結果……跳不起來。

「你也太重了吧混帳！」小橘紅改拎為扛，但仍顯得十分吃力，花了數倍的時間才扛著小哈跳到路燈上。

看來我們不只遇到了鬼打牆，還遇到了一群鬼，這到底是什麼鬼任務，我好想回家呀！

「現在要怎麼辦？」我說。

「想辦法回家。」「貓」說。

「就是不知道要怎麼回去才問你呀！」我說。低頭一看，那群「鬼」已經走到了我們所在的路燈下。該死！他們該不會能爬上路燈吧？

「我不是說了要『想辦法』回家嗎？」「貓」說：「你還不快點想！」

「我是普通人又不是妖精，為什麼是我來想？你這個守門喵也太不負責任了啊！小哈、小橘紅，你們的能力能派上用場嗎？」

「我的能力只用在堂堂正正的戰鬥汪！」小哈正氣凜然的說。可惜的是牠這次遇上的是無法堂堂正正戰鬥的敵人，一點用也沒有呀！

「我比較擅長背後偷襲喵！」小橘紅也做出了沒有幫助的發言：「喵！牠們開始往上爬了！」

真是怕什麼來什麼，那群鬼開始試著爬上路燈，有些鬼還踩著其他的鬼往上爬。雖然說定春能帶著我們跳到別的地方，但這畢竟不是解決之道，定春的體力有限，久了多少會感到疲憊……不對！牠現在就想睡了！

「定春！你醒醒！」我拍拍定春的臉頰。

定春愣愣的動了動耳朵。「怎麼了？想到辦法了嗎？」

「有沒有什麼能找路回家的能力……」看著眼前的定春和「貓」，我靈機一動：「定春，你的『因果混亂』能看到動作的因果線；『貓』，你的『記憶的絕對真實』能讓記憶化成真實，如果把你們兩個的能力結合的話……」

「我、我才不要和牠結合！」「貓」激動到耳朵都紅了。

「變態。」定春小聲說。

「你們想到哪裡去了！我說的是記憶結合又不是身體結合！」

說話時路燈晃了一下，有個鬼已經爬到了路燈中央，其他爬不上來的鬼開始玩推推樂。定春眉頭一皺，跳到一旁的電線桿上，眾鬼一發現目標移動，馬上以無比熱情的姿態湧向我們所在的電線桿。

「長話短說，等一下我會一手抓著『貓』想著『回家』，另一手抓著定春，這樣應該就能看見回家的因果線，一看見回家的因果線，定春就全力往那個方向前進。那麼、我開始了。」

我抓住「貓」的手，想像回家的路。

一開始浮現的是老家的街道，通過老式的守衛室，走過中庭，坐上電梯，右轉第一間就是家。

不、不是這個，那裡太遙遠了，我現在要想的是離開這裡的方法。

想像下班的路、想像回到租屋處爬過的樓梯、想像累了一天終於可以回家吃晚餐的快樂……不、一點都不快樂，回到家還是只有一個人，房間黑漆漆的，吃飯時除了電視的聲音外安靜的要命，不會有人偷吃我的菜，不會有人吃不完把飯推給我吃……

「喂，你發什麼呆？快過來呀！」楠站在堤防上，對我伸出手，在她的身後是彷彿燃燒的天空：「還不快爬上來！」

奇怪，她什麼時候跳上去的，明明平常都要我拉呀！我在心裡嘀咕著，習慣性抓住楠的手，右腳踏上堤防的側邊，腳下一個使力就要往上跳，她抓住我的手又濕又熱，就像是這熱死人的夏天，稍微動一動就讓人流了一身熱汗。

奇怪，她的手什麼時候變得這麼暖了？

我反射性的鬆開她的手，我忽然來到了園區某個高樓的頂樓圍牆外，只差一步就會往下墜落。

「你不相信我嗎？」她說。

「我不是不相信妳，而是……這些都不是真的。」我緊緊閉上眼睛。

我現在該想的是回家的路。南部的老家、住了四年既破舊又炎熱的大學宿舍、老是潮濕發霉的租屋處，有海邊，那個海和天空連成一線的海邊……不對！我要想像的不是這個。

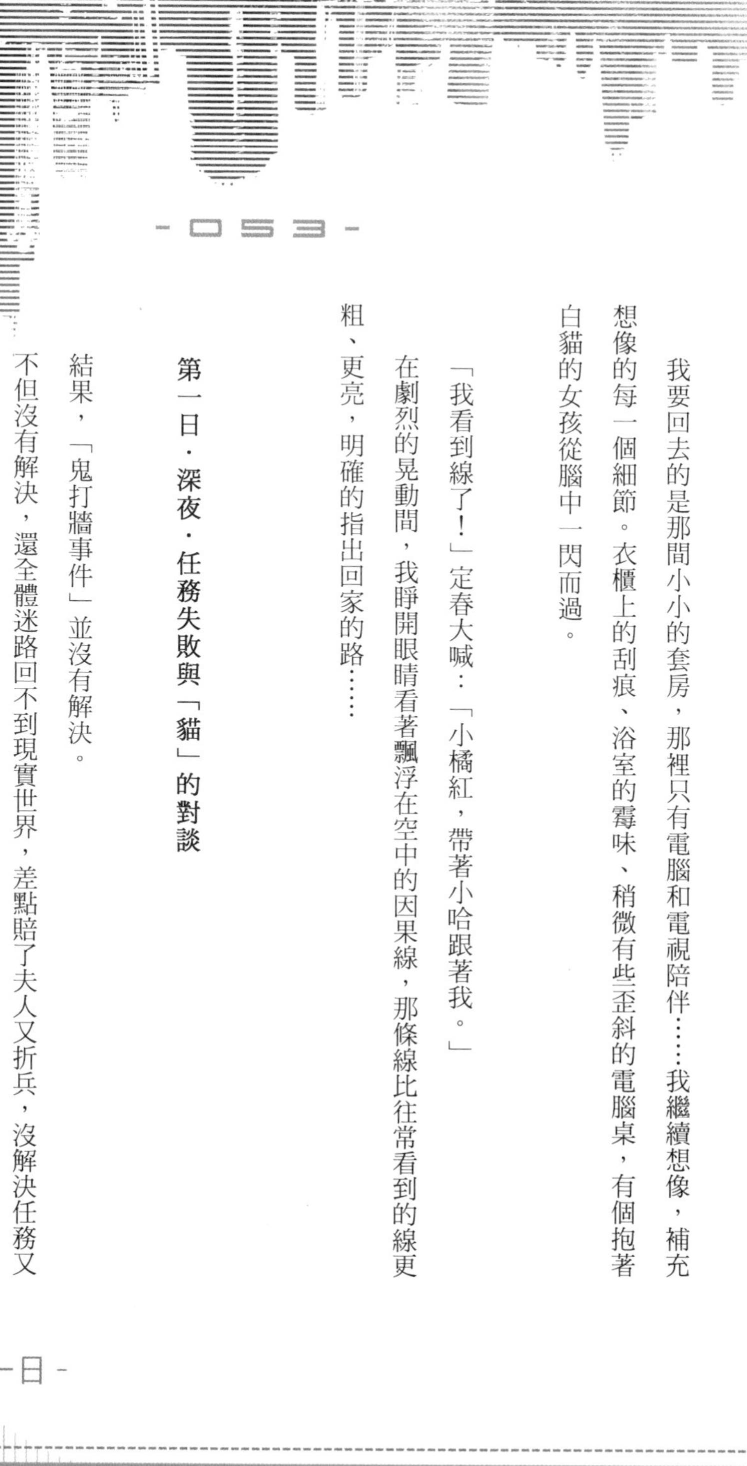

我要回去的是那間小小的套房，那裡只有電腦和電視陪伴……我繼續想像，補充想像的每一個細節。衣櫃上的刮痕、浴室的霉味、稍微有些歪斜的電腦桌，有個抱著白貓的女孩從腦中一閃而過。

「我看到線了！」定春大喊：「小橘紅，帶著小哈跟著我。」

在劇烈的晃動間，我睜開眼睛看著飄浮在空中的因果線，那條線比往常看到的線更粗、更亮，明確的指出回家的路……

第一日・深夜・任務失敗與「貓」的對談

結果，「鬼打牆事件」並沒有解決。

不但沒有解決，還全體迷路回不到現實世界，差點賠了夫人又折兵，沒解決任務又迷路，實在是有夠丟臉。

一離開鬼打牆的範圍，小橋紅馬上說要回家睡覺，定春因為過度疲勞變回了貓型，小哈非常有紳士風度的扛著我和兩隻貓回家，臨走前還不忘彬彬有禮的詢問是否有需要幫忙的地方，才搖著尾巴走了。

就某方面來說，狗狗真的是很忠實的夥伴呀！

「累死了累死了累死了！」

一回到房間，我和「貓」都用跑百米的架式、狗爬的姿勢向床衝刺。

癱倒在床上，躺了一會兒，我才覺得自己終於活了過來，見「貓」仍睜著眼睛沒半點睡意，我伸手揉揉牠的耳朵。

「怎麼了，不想睡嗎？」

「貓」搖了搖頭，毛茸茸的臉孔上出現了若有所思的表情。

「你該不會在想今晚的事吧？唉唉，今晚累得要死還是沒辦法解決『鬼打牆』的問題，還差點出不來了，雖然到最後還是依靠我的聰明才智找到了平安離開的辦法……咦？你怎麼沒吐嘈？你累了嗎？」

「我在看你可以說到什麼時候。」「貓」沒好氣的說：「怎麼樣？你英明神武、武功蓋世的打敗了哪個大魔王呀？」

「幹嘛這樣，我是因為你都沒反應，所以才想試試看你會不會吐嘈。」

「我知道，所以才不理你。」「貓」說。

「說正經的，你不覺得很奇怪嗎？我們剛到那裡時都沒有移動，怎麼會時間一到就陷入了鬼打牆？是我們一到那裡時就進入了異空間？還是時間一到我們就出現了幻覺？我們是不是一個不小心跑進妖精之門了？但看起來又不像，你之前不是說最近空間有點不穩定，有些空間重疊在一起了，你說那個鬼打牆的區域是不是和別的空間重疊在一起了……唉！實在是搞不懂呀！」

我翻了個身：「算了，好像也不需要去搞懂，怎麼解決比較重要。你有想到什麼解決的方法了嗎？」

「貓」沉默了許久，久到我都以為牠睜著眼睛睡著了。

我伸手想偷拉牠的鬍子，「貓」用迅雷不及掩耳的速度抓了我的手一把，說：「不用解決。」

「為什麼？」我有些驚訝：「不是有很多人遇到這種狀況嗎？要是有人遇到危險怎

麼辦？」

「沒辦法解決，而且這個現象和流浪妖精無關。」「貓」說。

「你怎麼這麼肯定？」我側過頭看「貓」：「你去過那裡？」

「我累了，睡吧。」「貓」說完，閉上眼睛將頭靠在並攏的前腳上。

我當然沒這麼容易被打發，手一伸就把「貓」從床上撈起來，放在我的胸口上。

「喂！你不睡覺想幹嘛？」

「貓」扭動身體想從我身上爬下去，我將手插在「貓」的腋下，不顧牠的抗議和掙扎把牠高高托起。

「我說……」

「喂喂喂！放開我！」

「你是不是有什麼事瞞著我？」

「才沒有！」

「明明就有！」

「有什麼？你說呀！」

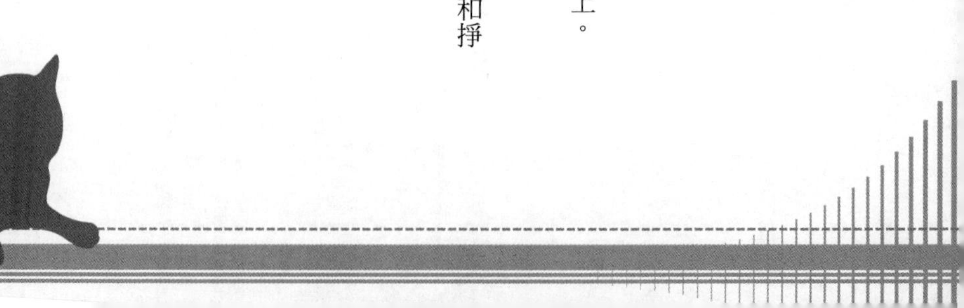

「都瞞著我了，我怎麼會知道！」

我把頭湊向「貓」，「貓」偏過頭去，我偏偏不讓牠跑掉，硬是蹭上牠的額頭，「貓」心有不甘，一隻貓掌打到我的臉上，沒伸爪的貓掌軟綿綿的，讓我忍不住蹭了蹭。

「你這變態！」「貓」悲憤的指控：「被打還這麼興奮，你是M嗎？」

「喂，你當初為什麼要救我？」我說。

回想起來，在那個陰天的午後，「貓」站在牆頭對我說：「喂、你三天後會死。」

這是一切的起點。

究竟是「貓」對我開口說話這件事改變了未來，讓我走向了死亡之路，或者「貓」的行動真的拯救了我？

如果貓沒有開口說話，也許我三天後會死，也許不會。如果我沒有死的話，我大概會永遠記不起對楠的心情，繼續過著無聊的人生，然後在某一天死去。

無論如何，「貓」改變了我的人生。

「喵，你說什麼人家聽不懂喵。」「貓」歪著頭睜大眼睛試圖裝傻。

「我問你……當時為什麼要救我？」我頓了頓：「你第一次跟我說話，就說我三天後會死，你忘記了嗎？那時候你為什麼要開口跟我說話？」

「那時看到你的臉，發現有個笨蛋馬上就要死了，忽然憐憫心大爆發不行嗎？」

「喔，結果你的人型長得跟我的初戀情人一模一樣，還真巧呀！」

「呵呵，是很巧。」

嘖！這隻「貓」還真是打算裝傻裝到底，我緊握拳頭，決定賭一次。

「別裝了，其實你忘了吧？」

「忘了什麼？」

「你忘了為什麼要救我、也忘了以前曾見過我！」見「貓」的眼神開始有些閃爍，我決定再加把勁騙牠一次：「你還忘了你以前見過楠！」

「你、你、你、你以為我和你們人類一樣，記憶會、會這麼隨便就被偷走嗎？」

「貓」開始結結巴巴的說：「我、我承認我流浪過很多地方，不知不覺間就跑到這附近了，遇到你時是覺得你有點眼熟啦！但這、這不代表什麼吧！不是有人說、世界上會有三個人和自己長得很像嗎？而且你是大眾臉，會、會覺得眼熟也很正常呀！」

「但你不能否認，你忘了曾見過我這件事吧！」找藉口是沒關係，為什麼要順便說我是大眾臉呀！

「牠是真的忘了。」定春冷淡的聲音在窗邊響起：「幫我開窗戶。」

我趕緊幫定春打開窗戶。「你剛說的是真的嗎？」

定春點點頭，優雅的托起我的下巴：「我餓了，先給我記憶。」說著，就低下頭……

「等一下！」我遮住我的嘴，阻止定春靠近，定春抓住我的手，想用暴力讓我屈服，我死命不依：「先把話說清楚！」

「『貓』的記憶的確被偷走了。」

定春看著我，我搖頭表示不懂。

定春嘆了口氣解釋道：「只要有記憶的生物都會遺忘，這是不可避免的，但有忘記的事，就有記得的事，就算是八十歲的老人，對小時候的事都還有隱約的印象，如

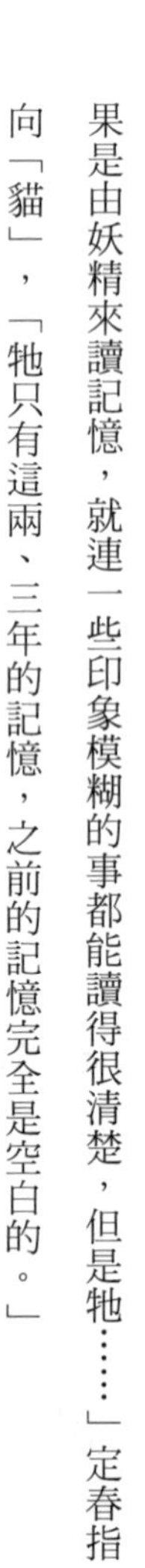

果是由妖精來讀記憶，就連一些印象模糊的事都能讀得很清楚，但是牠……」定春指向「貓」，「牠只有這兩、三年的記憶，之前的記憶完全是空白的。」

「你說什麼？」我看向「貓」：「為什麼你提都沒提過？」

「貓」低下頭，留給我一個毛茸茸的頭頂。

「不能怪牠，奪走牠記憶的『人』，也奪走了牠『回想過往記憶』的能力，所以牠連回想過去發生什麼事也做不到。」

「可是、為什麼……」

「要是知道為什麼我就不會救你了！你這個笨蛋！」「貓」突然暴衝起來抓了我的臉一把，然後飛快的躲進床底下，怎麼喊都不肯出來。

「我說完了，可以了嗎？」定春彎起嘴角。

「可以什麼？嗚、哇、嗚嗚嗚嗚嗚嗚！」

「呼、真舒服！真想來罐罐頭！」定春蹺起腳，粉舌掃過唇角，一臉迷濛，彷彿還在回味剛才到口的美食……

不、也許對牠來說，我的記憶真的是天大的美食，可是對我來說，被吸取記憶是既臉紅心跳又讓人虛脫的體驗呀！

「被吃了這麼多次你早該習慣了吧！」

定春每次吃完記憶都會露出有別以往溫柔的形象，化身為長年蹂躪美妾的員外，一邊拉褲腰帶一邊說：「服侍了這麼多次早該習慣了吧！」

「問題是我不想習慣呀！」我拉緊衣角，不知道為什麼我覺得好冷、好冷呀！

「對了，小橘紅要你準備好，明天她要來索取今天的酬勞。」定春笑著給我最後一擊。

聽到此消息我抖了抖，我竟然忘了還要提供記憶給出任務的貓狗妖精！其他的貓狗還算客氣，只拿走需要的記憶，但小橘紅那傢伙老是需索無度啊！

「咳。」「貓」的聲音從床底下傳來，聽起來有些悶悶的：「先別理那個自以為會精盡人亡的笨蛋，可以說說你是怎麼發現的嗎？」

「其實我也是剛剛才發現的。一般來說妖精是不會去探索彼此的記憶，一來是尊重彼此的隱私，二來是這麼做很麻煩。」定春打了個哈欠，倒在床上，「剛才在尋找回家的因果線的時候，我突然發現有一條很細很細的『因線』連接在你身上，那條『因線』正好和回家的線相反，我覺得很奇怪，想說你是不是有去過那裡，後來又忘了，所以我就稍微探索了一下你的記憶。」

「這麼說來，你之前不是說你當時會消失，就是因為掉進了某個夾在人間界和妖精界的空間，那個鬼打牆的空間是不是你當時掉進去的地方？」我突然記起「貓」剛回來時對我說的話，當時只顧著「貓」回到我身邊而高興，每天捧著罐頭討牠開心，後來我開始尋找楠的蹤跡，也就暫時忘了這段對話。

「你為什麼不跟我們說你去過？」

「因、因為我也不知道怎麼回去呀！」「貓」銀色的耳朵紅了：「去過了卻不知道怎麼離開，不是很丟臉嗎！」

也是，換成是我也不想說出來。

「貓」之前好像也說過牠是靠著別人才能活下來，看來那裡應該沒給「貓」帶來多少美好的回憶。

「而且鬼打牆的地方和我之前去的空間感覺有點不一樣，空間比之前更不穩定

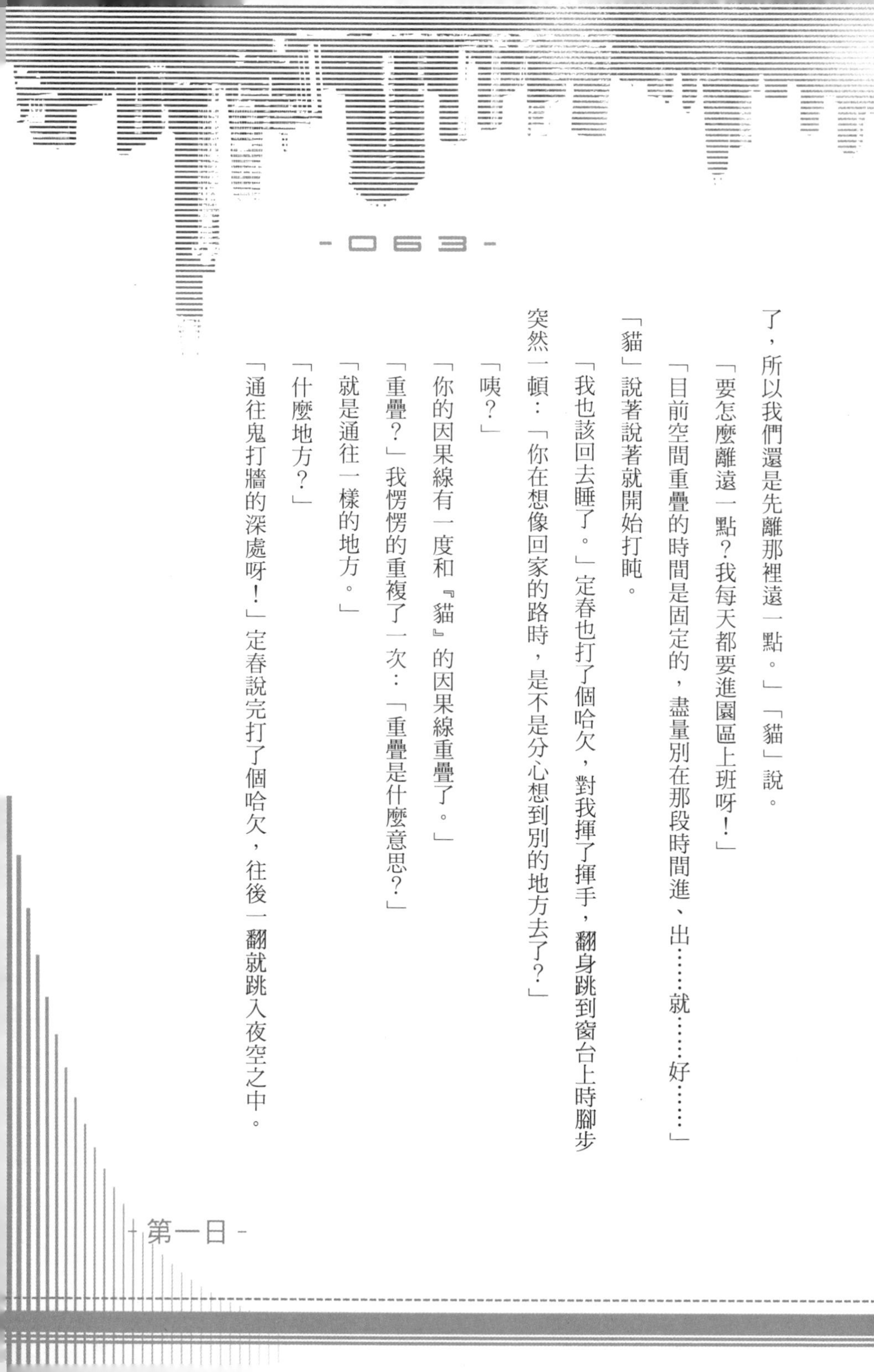

了，所以我們還是先離那裡遠一點。」「貓」說。

「要怎麼離遠一點？我每天都要進園區上班呀！」

「目前空間重疊的時間是固定的，盡量別在那段時間進、出……就……好……」

「貓」說著說著就開始打盹。

「我也該回去睡了。」定春也打了個哈欠，對我揮了揮手，翻身跳到窗台上時腳步突然一頓：「你在想像回家的路時，是不是分心想到別的地方去了？」

「咦？」

「你的因果線有一度和『貓』的因果線重疊了。」

「重疊？」我愣愣的重複了一次：「重疊是什麼意思？」

「就是通往一樣的地方。」

「什麼地方？」

「通往鬼打牆的深處呀！」定春說完打了個哈欠，往後一翻就跳入夜空之中。

第二日・

第二日・凌晨・夢與回憶與追尋的軌跡

「我討厭腳毛，你離我遠一點。」

「穿短褲的話難免會碰到嘛！」

「那你穿長褲不就好了！」

有一次在海邊擁抱時，楠皺著眉頭跳開，對著我的腳毛露出無比嫌惡的表情，根據她表示，和腳毛摩擦會勾起她不好的回憶。

「國中時搭校車上下學，校車有時擠到都快沒位置站了，偏偏有些男同學剛上完體育課也不擦擦汗，全身是汗、原汁原味的就上車了，如果你剛好很不幸的站在這種人旁邊的話，不只鼻子會遭到汗臭味的洗禮，小腿還會和濕答答的毛毛腿摩來摩去……」楠抖了抖，皺起鼻子嫌棄的說：「所以，我最討厭腳毛了。」

因為這樣，不管多熱，我都穿著長褲。

只有這麼做，擁她入懷的時候，她才不會碰到她最討厭的腳毛。

直到說這話的人離開我許多年了，我還是習慣不管到哪裡都穿著長褲。

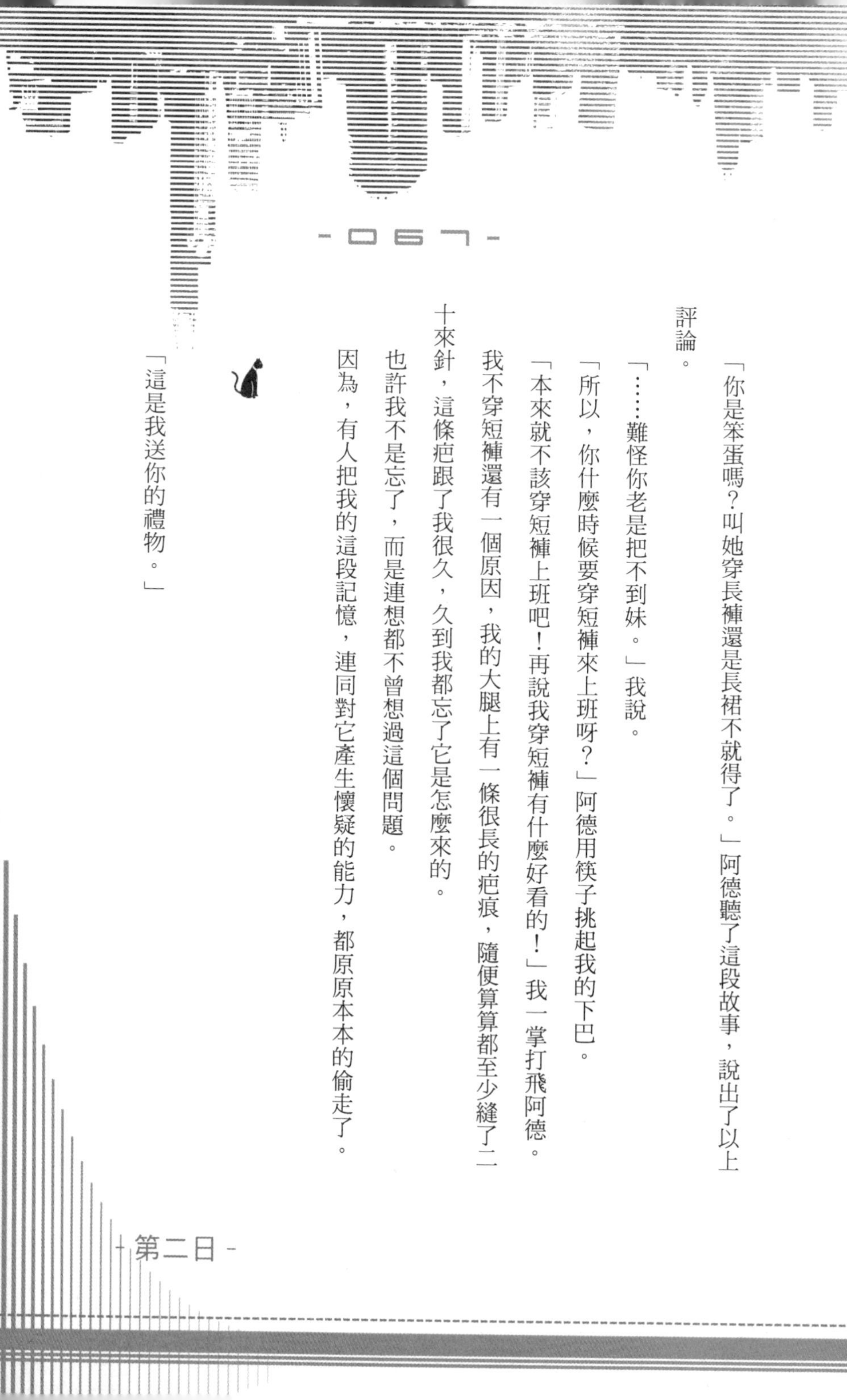

「你是笨蛋嗎?叫她穿長褲還是長裙不就得了。」阿德聽了這段故事,說出了以上評論。

「……難怪你老是把不到妹。」我說。

「所以,你什麼時候要穿短褲來上班呀?」阿德用筷子挑起我的下巴。

「本來就不該穿短褲上班吧!再說我穿短褲有什麼好看的!」我一掌打飛阿德。

我不穿短褲還有一個原因,我的大腿上有一條很長的疤痕,隨便算算都至少縫了二十來針,這條疤跟了我很久,久到我都忘了它是怎麼來的。

也許我不是忘了,而是連想都不曾想過這個問題。

因為,有人把我的這段記憶,連同對它產生懷疑的能力,都原原本本的偷走了。

「這是我送你的禮物。」

女孩毫無感情的聲音在我腦海深處響起。

「這個、就是你來這裡尋找的東西喔。」

在妖精界，那名和楠長得一模一樣的女孩喚醒了我的記憶。

悶熱的夏天、路邊小攤販、呼嘯而過的機車、楠邊吃關東煮邊喊燙的模樣，以及……朝楠揮下的開山刀。

我推開了楠。

開山刀劃過我的腿，鮮紅的血液濺濕了楠的頭髮，順著她的臉頰滑下，楠顫抖著手，用外套壓住我的傷口，她的淚水和我腿上傷口的血不斷的湧出來。

現在回想起來，不管是穿一輩子長褲，或是挨刀，只要是為了她，我都願意去做。

然而，這些記憶，和這些不顧一切的心情，全部都被偷走了。

在上個事件結束後，我不再逃避，我開始尋找楠的足跡。

第一步：打電話詢問系辦公室。

學校的系辦會定期追蹤畢業生的聯絡方式，而且系辦的大姐一個比一個還八卦，也許她們還記得什麼也不一定。

「你好，請問是財管系辦公室嗎？我是九五級畢業生杜湋哲，想詢問一些事情……」

「九五級的杜湋哲……」接電話的大姐陷入沉思：「杜湋哲、杜湋哲……」

我又不有名，也沒在系辦打過工，她應該不記得我吧！

大姐彈指。「我想起來了！你就是那個必修只有考試時才去、期末分數還有九十分，蹺課蹺到每個教授都知道的蹺課大王阿哲？」

……我有這麼有名嗎？

「阿哲，好久不見，我是張姐呀！」大姐爽朗的說。

我想起來了，她就是那個頭髮短短、臉有點圓圓的大姐，每次去系辦她都會招待我吃點心。

「張姐好，今天有什麼點心可以吃嗎？」

張姐笑得花枝亂顫：「哪有那麼多點心可以吃，就等著吃你的喜餅囉！」

我乾笑兩聲：「還早、還早。我今天打來是想問林羽楠的聯絡方式……」

「你不是在畢業之前就和她分了嗎？」

我就說系辦的大姐一個比一個八卦！

「搬家時找到一些她的東西，想拿給她，但她以前的手機打不通了，就打來問問看有沒有別的聯絡方式。」我胡謅了一個藉口。

「想破鏡重圓嗎？呵呵，我懂的。我查查喔……」張姐報出一組電話號碼：「這個號碼你有嗎？」

「有。」而且就是打不通的那支。

「系辦的系統裡只有這個號碼耶！奇怪，我記得畢業後打電話去追蹤，好像有查到別支手機呀！對了！之前有一次系辦的系統中毒，有一段時間更新的資料不見了，羽楠的資料可能是在那時不見的，真是不巧呀！」

不巧？

現在的我對於和楠有關的一切，都不會輕易視作是偶然，至少阿亂就能輕易做到。

身為從BUG中誕生的妖精，阿亂能輕而易舉操縱任何電腦中的資料，一定有其他的妖精擁有類似的能力，俗話說凡走過必留下痕跡，也許我能請阿亂透過網路查查看？

「還有其他的聯絡方式嗎？」我說。

「我看看，她家裡的電話好像已經打不通了，我這邊還有她老家的地址，你要嗎？」

「好。」我抄下張姐唸的地址，又和張姐寒暄了幾句，才掛了電話。

放下手機，我走回房間，望著手中寫有地址的小小便條紙。這是楠的老家的地址，去了那裡，也許就能找到楠、或是和楠有關的線索。

但是，要是連這條線索也斷了的話怎麼辦？我接下來該怎麼做？

那個人——先假設除掉楠的蹤跡的是人——能刪除楠在系辦的聯絡資料，一定也能清除掉其他的資料，也許，我再也不可能找到楠了。

「不要再靠杯了！想東想西的吵死人了！」「貓」從被窩中冒了出來，狠狠的抓了我的手背一把。

「啊、好痛！你幹嘛這樣！」我吃痛的抽回手：「我不是出去外面講電話了嗎？又沒吵到你。」

「你的『思考』吵到我了！什麼『要是線索斷了怎麼辦？』、『要是永遠找不到怎麼辦？』，你是要猶豫多久呀！幾分鐘前不是才剛下定決心嗎？」「貓」邊罵邊啃我的手指：「氣死我了！怎麼幾個月沒見你還是這麼沒用呀！我還是陪你去好了！不然你搞不好到了門口還不敢按門鈴。」

我苦笑了一下。「貓」還真的說對了。

如同最最前面所述，我拿著系辦大姐告訴我的地址，找到了楠的老家。

儘管我鼓起勇氣按下了門鈴，我還是沒能找到她，以及和她行蹤有關的任何線索。

「接下來該怎麼辦？」我說。

「還是會有辦法的。」「貓」的聲音從背包裡傳出來，聽起來悶悶的：「只是暫時還沒想到。」

「暫時嗎……」這個暫時是多久呢？

我想不通，有誰會想抹去楠的足跡。

如果是推理小說的話，首先要找出凶手的動機，畢竟誰都不會無緣無故做這種麻煩事，而且還做得這麼徹底。

也許是某個楠的熱情追求者，希望楠的老情人也就是在下我不要前去糾纏她，乾脆動用妖精把能找到她的方式統統清光光……好像沒這個必要，一來楠不一定有熱情到這種地步的追求者，二來這種情況好像也不需要用到妖精來解決。

其他的嫌疑犯……我想不到，依照推理小說的法則，被害人也有可能是凶手，儘管我十分不願意這麼想，這麼想也有點自作多情，但我內心深處隱隱約約已察覺到這才可能是正確解答。

楠也許是不想被我找到，才會抹去自己所有的足跡，沒有人比她更清楚該消除哪些人的記憶，才能讓她徹底消失。

但這個假設的前提是——楠看得到妖精，而且至少和一個妖精很熟，熟到妖精任勞任怨替她消除所有需要消除的記憶。

基於貓妖精絕對不可能和任勞任怨這個形容詞有半分瓜葛，也許幫她這麼做的是隻狗妖精，但我沒聽說楠有養過狗，在我的記憶中她比較喜歡貓，我還記得第一次和她見面時，她就在和貓說話，那含笑的眉眼猶在眼前。

我和楠在一起三年，我連她是養女也不知道，她一定還有更多秘密我不知道，搞不好她還有一個雙胞胎姐妹，聽說了我和她的事看我十分不順眼，索性驅使妖精讓我永遠也找不到她。

等等！雙胞胎！

我回想起在妖精界和楠長得一模一樣的少女，也許我胡思亂想反而猜中了正確答案？但我隨即否絕自己的想法，我的直覺告訴我：那名少女不是人類。雖然說長期住在妖精界本來就不太可能是人，但我總覺得那名少女就算不是住在妖精界也不可能是人。在那對和楠相似的眼眸中，沒有稱得上是感情的東西。

「你有一天，一定會回到這裡。」

在離開妖精界前，少女用和楠一模一樣的笑容，對我說了這句話。

在一個月之後，我聽到定春說我所想像的因果線通往鬼打牆的深處時，我又想起了這句話。

我想，她可能是對的。

第二日・深夜・突如其來的訪客們

上了一天班，累了一整天，好不容易回到家躺在床上，就有貓破窗而入。

「喵！我來領酬勞囉！」人型的小橋紅穿著一身緊身皮衣從天而降：「乖・乖・交・出・你・的・嘴・唇・吧！」

「汪，我也要。」黃金獵犬一臉靦腆的擠了過來：「我親手就好。」

「喂！妳這母貓怎麼每天都跟來呀！明明就沒輪到妳呀！」咖啡色壯貓——臭妹——擠開小橋紅：「好人的嘴唇和記憶都是我的！」

什麼嘴唇呀手呀！明明只是提供你們記憶而已，有必要說得這麼曖昧嗎？明明只要有肢體接觸到就可以提供記憶了不是嗎？再說……

「這幾天解決事件的都是阿亂，你們這幾天什麼事都沒做，也沒費什麼力，就不用提供你們記憶了吧？」

大多數的流浪妖精能力不強，頂多就是搗搗蛋偷吃記憶或是引起電腦當機系統故障之類的，連續幾天解決的任務都和電腦有關，雖然這些貓狗妖精可能上網看影片是一把罩，但真的說到系統 BUG、殺病毒之類的還是得由正牌的 BUG 妖精——阿亂出馬！

也就是說，這幾天出任務的貓狗妖精根本什麼忙也沒幫上，結果卻一直跑來跟我索討記憶是安怎！

「你們的水電工還是到府修電腦的工程師就算沒做什麼事，只要一出場就要付錢呀！」小橘紅理直氣壯的說。

「沒錯！帶出場是很貴的汪！」黃金獵犬一臉認真的附和。

「我又沒帶你們出場，是你們自己跑過來的好嗎？自己送上門也要收費是什麼道理呀！」

「廢話少說！」

說話間臭妹已化為膚色黝黑的高大男子，我連尖叫都來不及就被抓住，小橘紅和黃金獵犬極有默契的互看一眼，一擁而上。

怎麼這種時候就知道放下貓狗之間的成見攜手合作啊!嗚嗚嗚嗚嗚……

事後,我癱軟在床上,「貓」跳到床邊低頭看我。

「你剛剛怎麼不來幫我?」我看見「貓」的嘴角抽了抽,我竟然從「貓」毛茸茸的臉上看出似笑非笑這樣複雜的表情:「你該不會看我被欺負看得挺開心的吧?你就不怕我被吸乾?」

「舊的不去新的不來嘛!」「貓」湊上前嗅了嗅:「什麼?小橘紅前凸後翹的身材讓你心跳加速、飛踢汪的凶器晃得你臉紅心跳,就連定春這種平胸你也……嘖嘖嘖!你的守備範圍挺廣的嘛!」

「不要偷看我的記憶!」

我一把推開「貓」,踏著蹣跚的步伐走到電腦旁。

「小橘紅和飛踢汪也就算了,定春好歹也是公貓呀!你怎麼……」

「看到漂亮的東西會喜歡是人之常情,你看到帥氣的公貓不會看一眼嗎?」

「我、我才對公貓沒興趣勒!我喜歡的是……你才喜歡公貓,你全家都喜歡公貓！」「貓」不知想到什麼，結結巴巴的亂說了一通，就躲到床底下不見了。

這時電腦正好開機完成，我懶洋洋的點開了幾個常上的網站和BBS，隨意掃了掃，突然看到一個令人在意的標題——

「下班遇到鬼打牆？科學園區變身迷宮？」

這標題下得聳動，內容倒是和我想像中的差不了多少：發文者加班加到半夜好不容易終於可以回家時，竟然在自己每天上下班都會走的地方迷路了，被困了快半小時才找到回家的路。

下面的回覆則多半是風涼話，不是叫發文者睡飽一點，就是說發文者該去吃藥了，有些人則說園區的路看起來都很像，半夜會認錯很正常。正想關掉網頁時，我忽然瞄到一則留言：「我也遇到了鬼打牆。」

這則留言非常具體的描述他走的路線，他不只遇到了路牌亂跳的情形，還看見了穿著無塵衣行走在路上的幽靈。

在這則留言之後，有不少受害者紛紛跳出來說他們也遇見了類似的情形，有些留言的時間就在幾個小時前。

「喂，鬼打牆的情況還在繼續，不能想辦法解決嗎？」我向躲在角落的「貓」招了招手，突然手機響了起來。

克拉拉怎麼會在這時候打電話給我？

「喂，阿哲，開門。」克拉拉說。

「開什麼門？」

「你家樓下的門。」

「啥？」她跑來我家樓下幹嘛？

「小哲子，本宮叫你開門竟敢不從！還不快拖出去斬了！」

「誰是小哲子？妳叫誰拖誰出去斬了呀？」這傢伙最近清宮劇看多了吧？

「阿哲，我是怡君，我們在你家樓下，快下來開門吧。」怡君頓了頓：「有很重要的事。」

我和怡君還有克拉拉算是關係不錯的同事，但也只是下班會一起吃宵夜，週末偶爾會一群人約出去唱歌踏青的程度，很少到彼此住的地方。現在都已經十二點了，明天還得上班，她們為什麼會在這時候跑來找我？

「妳們……」

「小哲子，你讓本宮等這麼久，該當何罪？」

「阿哲，打擾了，我們先上去再說吧。」

一打開公寓大門，克拉拉和怡君就以不容拒絕的姿態推開我，擅自往上爬。

「妳們走這麼快做什麼？妳們又不知道我住哪……」

兩人準確無誤的停在我家門口，克拉拉向我伸出擦著鮮紅指甲油的手：「把鑰匙交出來。」

「……妳們怎麼知道我住哪裡？」

「阿德說的。」

阿德你這傢伙竟然背叛我！

敵軍已經攻到城門下，我再不甘願也只能乖乖開門。

一打開門，怡君和克拉拉馬上衝進我的房間，說出：「喔～這就是阿哲的房間呀！」、「比我想像中的整齊嘛！」、「沒有偷藏女人好可惜。」、「來找找看有沒有女人的衣服好了。」之類不像話的感想。

參觀了一圈，克拉拉終於放下肩上的大包包，自顧自的拉出座墊盤腿坐下，怡君也放下手上的袋子，坐在克拉拉旁邊。

「妳們到底來幹嘛呀？」雖然我的房間沒什麼見不得人的東西，但我還是會害羞呀！

「我們剛剛下班的時候，遇到了傳說中的鬼打牆喔！」

咦咦咦咦咦？

「唉喔~妳這樣沒頭沒腦的說，阿哲可能會聽不懂啦！」怡君輕拍了克拉拉一下：「從下班的時候開始說好了，今天明明很忙，兩個沒良心的男同事還是拋下兩個嬌滴滴又手無搏雞之力的女同事先下班了，要是他們留下來幫忙，說不定我們就不會遇到鬼打牆了，真的要說今天發生這件事是誰的錯的話，我想是那兩個混蛋的錯吧！」

妳說的那兩個男同事就是我和阿德吧！

雖然我的確是比妳們早下班，但我也是待到十點才走呀！再不走的話，那些貓狗妖精就要殺到公司來了，我以後就不用做人啦！

「先別管那兩個殺千刀的王八蛋，總之我們下班時已經十一點多了，我一想到之前聽到有人在園區遇到鬼打牆、離不開園區的謠言，不禁有點興奮……」

「咳、是害怕！」怡君打斷克拉拉的胡言亂語。

「總之，妳們騎在平常回家的路上，卻像遇到鬼打牆一樣沒辦法離開園區？」我幫她們總結，免得她們不知道扯到哪裡去。

「沒錯，事情就和網路謠言一樣，路標變得和地圖上完全不一樣，沒相連的路也變成連在一起，依照平常的走法完全走不出園區。唯一值得慶幸的是我不是一個人，還有怡君陪我，幸好今天怡君忘了去加油，要回家時車子才會發不動。」

這該是說不幸中的大幸還是單純的不幸呀？

「妳們後來怎麼出來的？」我問。

「我記得網路上說遇到鬼打牆要冷靜，繞路繞久了不知不覺就離開了鬼打牆的區域，有些人說挑一條路直直走到底，就可以避免被鬼打牆影響。我想說路上都沒車，正好可以享受一下狂飆的快感……」克拉拉一臉陶醉的說道。

坐在旁邊的怡君臉色發白，想必正在回想克拉拉飆車時的恐怖情景，我想她應該非常後悔今天早上忘了去加油吧。

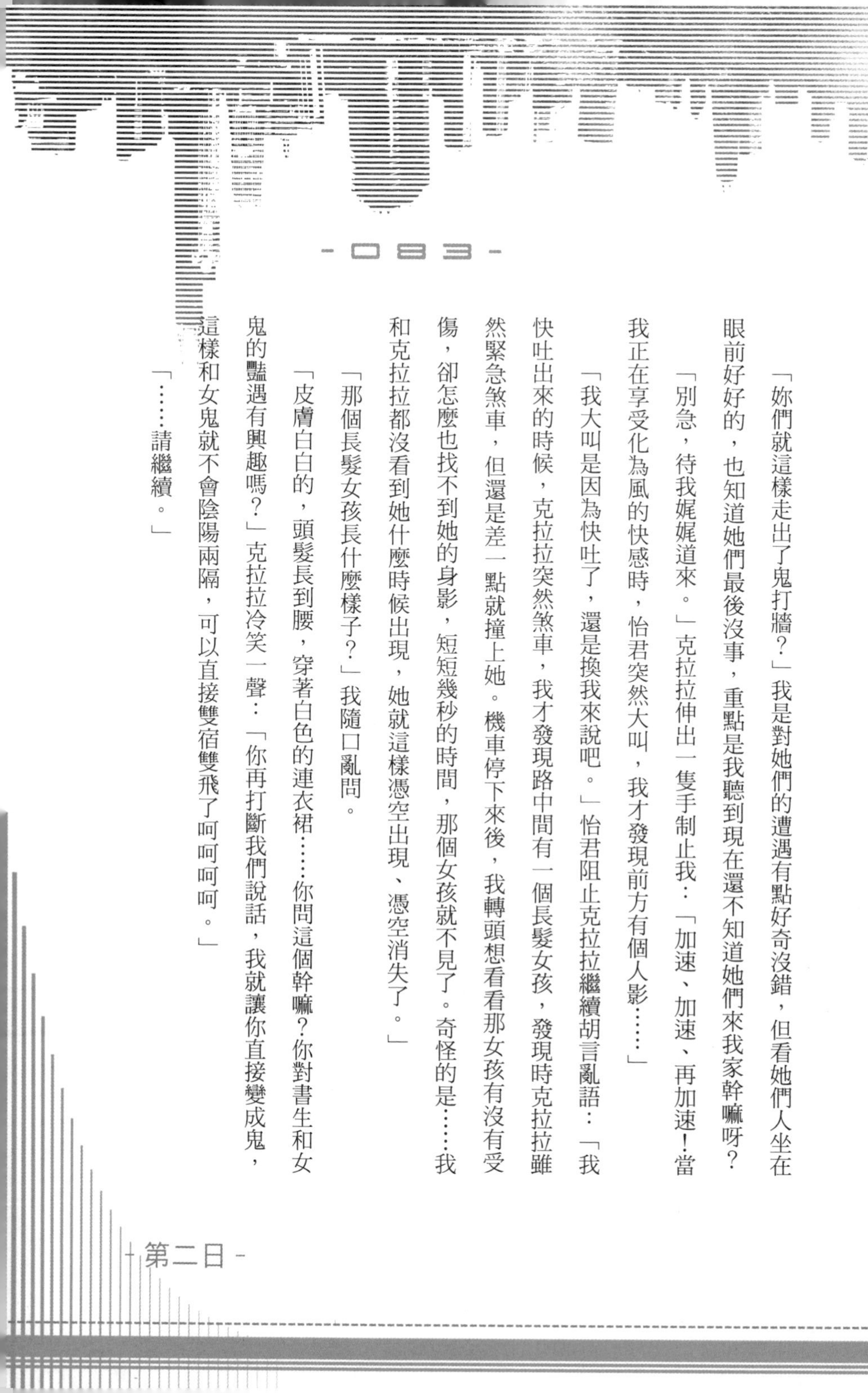

「妳們就這樣走出了鬼打牆？」我是對她們的遭遇有點好奇沒錯，但看她們人坐在眼前好好的，也知道她們最後沒事，重點是我聽到現在還不知道她們來我家幹嘛呀？

「別急，待我娓娓道來。」克拉拉伸出一隻手制止我：「加速、加速、再加速！當我正在享受化為風的快感時，怡君突然大叫，我才發現前方有個人影……」

「我大叫是因為快吐了，還是換我來說吧。」怡君阻止克拉拉繼續胡言亂語：「我快吐出來的時候，克拉拉突然煞車，我才發現路中間有一個長髮女孩，發現時克拉拉雖然緊急煞車，但還是差一點就撞上她。機車停下來後，我轉頭想看看那女孩有沒有受傷，卻怎麼也找不到她的身影，短短幾秒的時間，那個女孩就不見了。奇怪的是……我和克拉拉都沒看到她什麼時候出現，她就這樣憑空出現、憑空消失了。」

「那個長髮女孩長什麼樣子？」我隨口亂問。

「皮膚白白的，頭髮長到腰，穿著白色的連衣裙……你問這個幹嘛？你對書生和女鬼的豔遇有興趣嗎？」克拉拉冷笑一聲：「你再打斷我們說話，我就讓你直接變成鬼，這樣和女鬼就不會陰陽兩隔，可以直接雙宿雙飛了呵呵呵呵。」

「……請繼續。」

「不只怡君嚇得發抖，連我也覺得有點害怕，暗自決定不管怎麼樣都得趕快離開這個鬼地方，我轉過身想催下油門，有個人抓住了我的機車龍頭，那個人穿著無塵衣，而且他的身影是半透明的！」

克拉拉突然大喝一聲，害我嚇了一跳，怡君也往旁邊縮了縮。

「不要亂叫，快把話說完。」怡君推了推克拉拉，催促她繼續說下去。

「我扭動龍頭想把他甩掉，沒想到那鬼東西力量其大，竟然掙不開……」

「然後呢？」我緊張的吞了口口水。

「忽然間旁邊砰咚一聲，又飄出了幾個白影，抓住我機車的那個鬼東西不抓了，慢慢的向我抓來，我忍不住尖叫了一聲。」克拉拉頓了頓：「手催油門、加緊馬力往前衝！」

「然、然後呢？」

「就把他撞飛了呀！」克拉拉甩了甩頭髮，一臉「誰沒撞飛過一兩個鬼呀」的欠揍模樣：「接下來我一路狂飆，路上好像還撞飛了幾個白影吧，我沒有算，等回過神來的時候我就離開園區了，真的是好可怕呀！」

有什麼好可怕的！妳才可怕吧！還沒有算勒！搞不好妳撞到的是人也不一定呀！還有那些白影明明是半透明的，理論上應該是鬼或幽靈那類沒有實體的東西，為什麼能撞飛呀？還有重點是……

「既然平安脫身了，妳們跑來我家幹嘛？」不會是很害怕不敢睡覺來找我陪吧？

「我還沒說完，我們都很害怕不想一個人回家，而且怡君沒騎自己的車，明天早上她要去上班不方便，所以我就載她回我家。」

感覺前面那個理由不重要，後面的才是重點……

「好不容易回到家想洗澡，才發現我住的地方水塔壞了，今天晚上沒有水可以用，想說你家就在附近，乾脆就來洗澡吧！」

前面說了這麼多，其實妳們只是想來借浴室吧！難怪妳們兩個會提著大包小包跑來我家！

「我先去洗澡囉！」克拉拉從包包裡拿出一個塑膠袋走向浴室：「不可以趁我洗澡時推倒怡君喲！」

「沒關係，我有帶刀子，我不怕。」說著，怡君就從包包裡拿出一把亮晶晶的水果刀。

「大人饒命。」我什麼都沒做，不要拿水果刀砍我也不要撞飛我。

「饒什麼命呀？我想切水果呀！」怡君一臉無辜的掏出一顆蘋果，往上一拋，水果刀一刺，蘋果就串在蘋果刀上：「耶！成功了！我練了好久的說！跟你借一下流理台，我要切蘋果。」

「請慢用。」為什麼半夜跑來別人家洗澡和切水果呀！

「什麼慢用？我是切給你吃的啦！你要吃芭樂嗎？」見我點頭，怡君又從包包裡掏呀掏的掏出一顆芭樂，翻找間一張對折的Ａ４紙掉了出來。

「咦？這是什麼？」

紙張似乎不是怡君放進去的，她一臉困惑的打開紙張，看完後遞給我：「你知道這是什麼意思嗎？」

看到紙上的字跡，我的心臟如遭重擊。

紙上只寫了兩行字：

你有一天，一定會回到這裡。

我等你。

那是楠的筆跡。就和她直來直往的性格一樣，字跡有稜有角，還斜了一邊。

我以前總笑她的字不像女孩子的字，男生收到她的情書搞不好還以為被GAY看上，氣得她從不寫情書給我，沒想到事隔多年，我竟然收到了她一直不肯寫給我的信。

「不知道是什麼意思，還是丟掉好了。」怡君說著就要把紙扔進垃圾桶。

「不要丟！」看見怡君意外的表情，我發現我剛才說得太大聲了：「我這邊有在做回收，先交給我吧。咳、愛護地球人人有責嘛！」

怡君奇怪的看了我一眼。「好吧！堆在傳票室的廢紙就麻煩你拔掉釘書針再拿去回收。對了，你的臉色怎麼這麼白？」

「……因為妳一直不肯把手上的水果刀放下來，我擔心妳會戳到我。」我隨口扯了個藉口，正好克拉拉頂著一頭濕答答的長髮冒出頭來。

「阿哲，你家有潤髮乳嗎？」

「我頭髮這麼短妳覺得我會有嗎？」還有為什麼要來我家洗頭髮！

「我也沒帶。」怡君的新造型是一頭俏麗的短直髮，正好也用不到潤髮乳。

「什麼？我的頭都洗了，沒有潤髮乳我梳不開啦！阿哲你給我去便利商店買！」克拉拉劈里啪啦的說完就甩上浴室的門，繼續洗澡大業。

「不要理她，我有帶護髮素，應該能頂著用。」怡君翻了翻包包，找出一小罐不知道什麼東西：「對了，你這邊有吹風機嗎？」

「呃、之前壞了，最近天氣又很熱，所以沒去買。」

怡君用責怪的眼神看著我：「怎麼可以沒有吹風機呢？那我們怎麼辦？」

我才想問我該怎麼辦勒！我會料到有人會沒事跑來我家洗澡兼洗頭嗎？還有潤髮乳和護髮素的差別在哪裡呀？女生的雞絲也太多了吧！

「我去借吹風機。」我抓起鑰匙想逃離戰場。

「記得借負離子的吹風機呀～」怡君揚聲提醒。

我還中子吹風機勒！不是頭髮能吹乾就好了嗎？

「什麼？你要跟我借吹風機？」

唯一住在我家附近而且我認識的長毛生物——小文，皺著眉頭一臉疑惑：「你頭髮這麼短甩一甩就好了，為什麼要吹呀？」

什麼甩一甩！妳以為我是狗嗎？

「呵呵、剛好有朋友來要用。」我尷尬的笑了笑：「她還說有負離子吹風機的話更好，不過不用理她是沒關係啦！」

「我的吹風機是負離子的……你的朋友是女的？」小文眉頭一皺，似乎發現了案情並不單純。

女人的直覺好敏銳！

「呵呵、我的女同事家裡沒水，就跑來我家借一下浴室。」

「有奸情？」

「沒有啦！有兩個女同事一起來呀！真的沒什麼事啦！」

小文大驚失色。「有奸情也就算了，竟然還3P！好不純潔！」

妳的思想才不純潔！

「要借不借一句話。」

「好啦！我去拿給你。」

「對了，如果有潤髮乳的話可以借我嗎？」

「好、好，我知道了。」

在小文進房找東西的時候，定春從我眼前飛奔而過，虎胤緊隨在後，兩貓上天下地追得好不熱鬧。我無聊的環顧室內，發現房間裡還是一樣亂，鞋櫃上放了三、四包畫有貓臉的粉狀物，我好奇的湊過去看。

小文找完東西回到客廳。「喔、那是木天蓼的粉末，之前去寵物店時老闆送了我好幾包，你有興趣可以拿幾包去玩。」

「好呀！」我順手拿了幾包放進口袋，下次小橘紅無理取鬧的時候，可以試著用木天蓼轉移她的注意力。「貓咪都很喜歡這個？」

「超愛的呀！一聞到就變得軟綿綿的在地上滾來滾去，簡直像吸毒一樣。這些借你，明天還我。」小文把紙袋交到我手中：「你和她們真的沒有奸情嗎？」

「你和她真的沒有奸情嗎？」克拉拉奸笑了兩聲：「這麼晚了還能跑到對方家裡借東西……嘖嘖嘖！」

「很抱歉是真的沒有。」竟然兩邊都問我這個問題，女生是有多喜歡八卦呀！最慘的不是一直被質問有沒有奸情，而是兩邊明明都沒有奸情還要被問呀！

「我不相信！是不是那個公司和我們在同一樓層的美眉呀？我記得她也有一頭長髮，原來妳喜歡這一味的呀！」克拉拉說著還甩了甩剛吹好的頭髮：「我的頭髮也很美呀！要是你喜歡上我怎麼辦！」

「妳不用擔心，不會有這一天的。」

眼角餘光瞥見「貓」正躲在床角，津津有味的看著我被克拉拉拷問。可惡！這傢伙竟然躲在旁邊看戲！

「唉呀！你躲在這裡呀！有客人來你害羞呀！」我彎身抱起「貓」：「快來跟這兩位漂亮姐姐打招呼。」

「呀！好可愛呀！可以抱抱牠嗎？」克拉拉尖叫，衝過來摸「貓」的頭，見「貓」沒什麼反應——牠八成是嚇傻了——開始揉牠的肚子：「好可愛喔！牠叫什麼名字呀？」

「牠叫咪咪。」我隨口扯了一個名字，滿心愉悅的看著「貓」替我轉移了所有的注意力。

「你太過分了！怎麼可以在這種時候把我推出去！被不認識的人摸腳底是什麼感覺你懂嗎？」克拉拉和怡君一踏出大門，「貓」就衝上來用兩隻前掌交叉打我的臉：「還有我才不要叫那種菜市場名，在貓族的集會叫一聲『咪咪』，有多少貓會轉頭你知道嗎？叫咪咪好丟臉耶！」

你這樣講，那些叫「咪咪」的貓不會生氣嗎？嘴巴這麼壞，難怪會被陷害去當守門人。

「先別提這個，那個『鬼打牆』事件沒有什麼解決的辦法嗎？連克拉拉和怡君都遇到了這種事，這次她們很幸運剛好能離開，要是運氣不好的話，我怕真的會有人出事。」我抓住「貓」的前掌，鄭重其事的說：「你一定知道一些關於『鬼打牆』的事，對吧？」

許久之後，「貓」終於開口：「那裡不叫『鬼打牆』，它的名字是『迷宮』。因為科學園區的人們有太多類似的記憶，時間一長，所有的記憶聚集在一起成了一個覆蓋在現實世界之上的獨特空間，一般的情況下，偶爾才會和現實世界重疊。」

「現在是特殊情況？」

「對，之前你們為了救我強制打開妖精之門，所以讓空間變得極不穩定，迷宮和現實世界重疊的時候變多了，所以有不少人誤闖迷宮。」

「沒有解決的辦法嗎？」

「有，但不容易。要聚集所有的貓狗妖精，在下一次滿月前……」

「不會又要來一次武鬥大會吧！」一想到要再聽那些貓狗妖精吵一次架，我就有想昏倒的衝動。

「不，比那困難。」「貓」臉色凝重的說：「要讓所有的貓狗妖精交出自己目前存有的『記憶存量』，雖然不會影響到妖精們自己的記憶，但所有的貓狗妖精至少要一個月之後才能使用能力。」

「好像不太可能喔？」狗妖精也就算了，貓妖精應該不可能答應吧！

「狗妖精也不可能答應好嗎？」「貓」偷聽到我的心聲，沒好氣的說道：「狗妖精為了保護主人的安全，多半也不肯交出記憶，除非這件事危險到會威脅牠們主人的安全。再說目前的狀況還沒這麼嚴重，我覺得還可以再觀察一陣子。」

我從抽屜裡拿出那張有楠筆跡的紙，一看到那個字跡，我的喉嚨就不自覺的發澀：「這個……是怎麼回事？」

這張紙出現在怡君的包包裡，但怡君不知道這張紙是在什麼時候放進去的。她應該沒必要說假話，那個包包不小，應該放不進克拉拉的機車車箱，我猜包包應該是放在腳踏板上，其他人也有可能放進去，先排除掉克拉拉的嫌疑，那麼……極有可能是她們在路上遇見的女孩放進去的。

據克拉拉所言，女孩有一頭長髮，皮膚很白，還穿著白色的連衣裙，我的直覺告訴我，她就是那名出現在妖精界、和楠長得很像的少女。

「你能辨識得出這是誰寫的嗎？」

妖精能讀取記憶，應該也能讀得出是誰碰觸過這張紙、那個人當時在想著什麼。

「是可以。」「貓」低頭嗅了嗅那張紙。

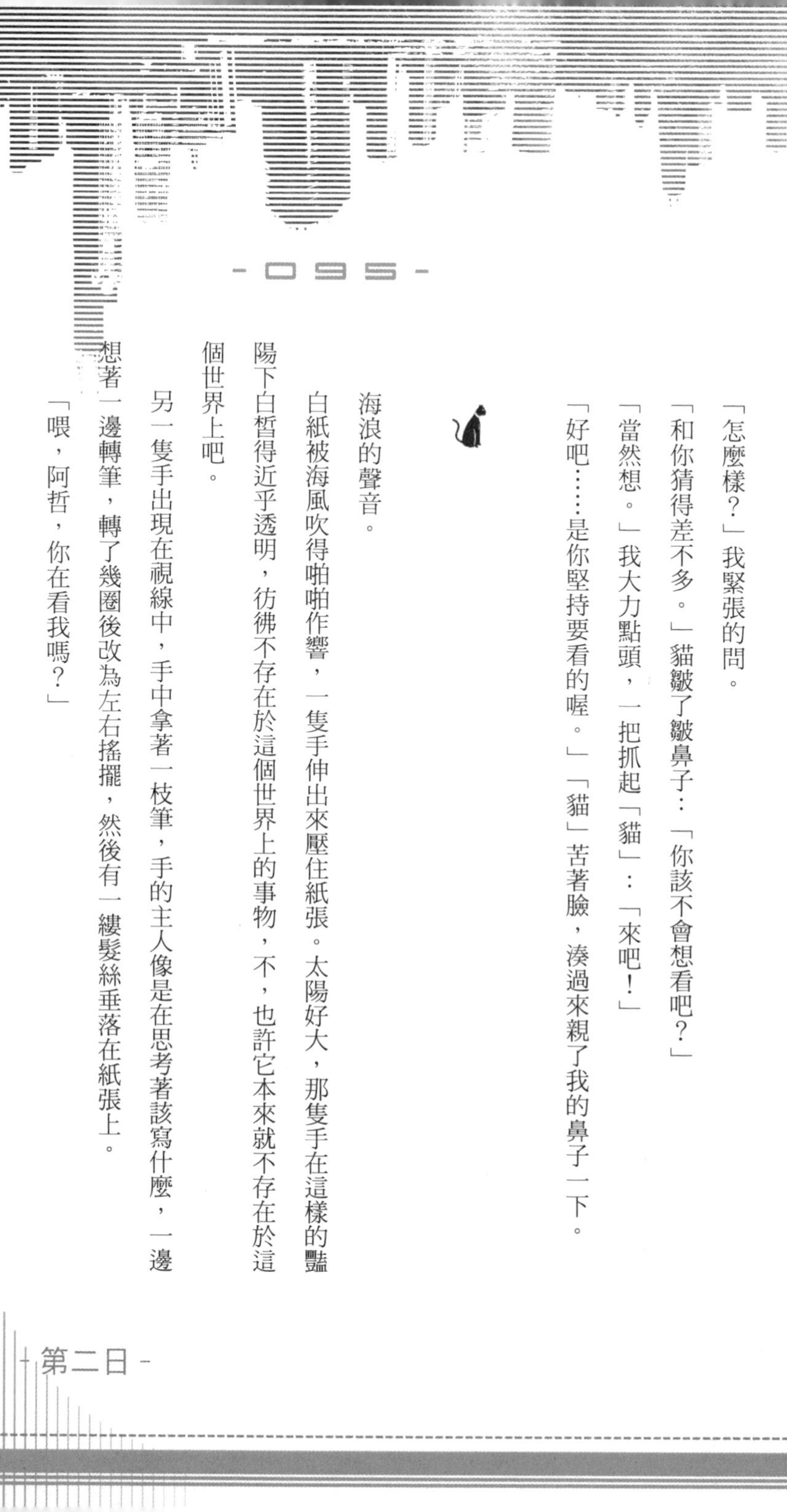

「怎麼樣？」我緊張的問。

「和你猜得差不多。」貓皺了皺鼻子：「你該不會想看吧？」

「當然想。」我大力點頭，一把抓起「貓」：「來吧！」

「好吧……是你堅持要看的喔。」「貓」苦著臉，湊過來親了我的鼻子一下。

海浪的聲音。

白紙被海風吹得啪啪作響，一隻手伸出來壓住紙張。太陽好大，那隻手在這樣的豔陽下白皙得近乎透明，彷彿不存在於這個世界上的事物，不，也許它本來就不存在於這個世界上吧。

另一隻手出現在視線中，手中拿著一枝筆，手的主人像是在思考著該寫什麼，一邊想著一邊轉筆，轉了幾圈後改為左右搖擺，然後有一縷髮絲垂落在紙張上。

「喂，阿哲，你在看我嗎？」

「楠」的臉孔突然出現在我眼前，我倒抽了口氣，想退後，又想伸出手觸摸她的臉頰，但這是殘存在紙張上的記憶，不是現實，我不但無法躲開，也無法移開視線。

「楠」彎起嘴角，右手準確無誤的伸向我的臉，彷彿我們處在同一個時空，而不是一個在過去、在某個不知名的地方，另一個在讀著過去的記憶。

「來找我。」沒有血色的嘴唇劃出誘惑的弧線。「快點，我等你。」

「楠」抓住了我的手。

「然後，我們就可以永遠在一起了。」

我回握她的手，緩慢的開口：「我……」

「給我醒來！」「貓」跳起來給我一記飛踢：「不可以被帶到那邊去！」

「我才不會！再說這只是回憶，我根本不可能被帶走吧！」我吃痛的摀著臉頰，看見「貓」一臉心虛的表情，我靈機一動：「你根本只是想踢我吧！」

「才不是！」「貓」討好的在我腳邊蹭了兩圈；「我真的是擔心你，一時不察就……你不會生氣了吧？」

我嘆了口氣，揉了揉貓的耳朵：「折騰了一天也累了。」

「喵，那個長毛的女人和你說了什麼？」「貓」小心翼翼的問。

「你就算聽不到，也能讀到我的記憶吧。」我關了燈，躺在床上。

一閉上眼睛，又回想起克拉拉在門外說的話。

第二日・深夜・坐懷不亂是因為心有所屬

「阿哲，我們去門外談一下。」

克拉拉盡情蹂躪完「貓」後——好啦！其實她應該覺得沒蹂躪完，是「貓」找到機會逃走了——拉著我往門外走。

等等，她到底想幹嘛？

怡君正在洗澡，房間裡只有我和「貓」，她就算有什麼話想單獨和我說，也大可以在房間裡說，除非她說的是不能讓怡君聽到的事，或是她想做的「某件事」不能被怡君撞見。

我越想越毛。

「妳要幹嘛？」

克拉拉不說話，拉著我的衣領走到樓梯間，粗魯的將我推倒在牆上。

「阿哲，你覺得我怎麼樣？」克拉拉剛洗完澡，臉色不施脂粉但有一種自然的紅潤感，上身的T恤領口很低，傾身向前時正好露出了漂亮的鎖骨和胸前白嫩的皮膚。

「什、什麼覺得怎麼樣？」我尷尬的看著天花板，誰知克拉拉不屈不撓的抓住我的下顎，要我正視她。

蝦、蝦、蝦咪？她喜歡我？謀摳零吧！要講這種事難怪硬要把我拉到門外，不、不對呀！克拉拉怎麼可能突然對我有興趣？她一定有什麼陰謀！

「我說……」克拉拉輕輕在我頰邊吐了口氣：「你喜歡我嗎？」

「嗚哇啊啊啊！」這件事已超過我所能理解的極限，我發出一聲意味不明的慘叫，反射性抱頭蹲下來往旁邊一滾，離開了克拉拉壓制的範圍。

「阿哲你……」克拉拉伸手想拍我的肩膀。

我往後退了一大步：「妳再過來我就要叫了！」

克拉拉嗤笑了一聲，揚起一邊眉毛：「等等，你該不會誤會了什麼吧？」

「誤會？」我一點都不覺得是誤會，我剛剛在克拉拉眼中看到肉食性動物捕食前的光芒呀！

「算了，我剛剛是鬧你的，不過你的反應也太誇張了吧？有美女問你喜不喜歡她，結果你的反應竟然是慘叫，太傷我的自尊心了。」克拉拉捧住胸口做出痛心狀。

「我真的被嚇到了，叫一下很過分嗎？」我拍了拍身上的灰塵：「妳幹嘛開這麼要命的玩笑？」

克拉拉伸出一隻手指挑起我的下巴：「聽阿德說，你在找你的初戀情人？你一直忘不了她？」

阿德這傢伙又背叛我！

「也沒有什麼，只是、怎麼聯絡都聯絡不到她，所以有點在意。」我搔了搔臉頰。

「如果聯絡到她，你要做什麼？再續前緣嗎？」

「也沒有啦！」我悶悶的說：「只要能知道她過得很好就夠了。」

「如果她過得不好，你要怎麼辦？」

「我、我也不知道怎麼辦，就先找到再說。」我結結巴巴的說。楠失聯的方式遠比一般人所想像得更複雜，我一心只想找到她，完全沒心情去想找到了怎麼辦。

「如果你永遠找不到她呢？」

「一定找得到。」我有些賭氣的說。

「如果你找到她的時候，她已經死了呢？你也要跟著她去……」

「不要再說了！」我忍不住吼道。

克拉拉的臉上出現了難以言喻的表情，像是同情、也像是理解，然後她聳了聳肩膀：「好啦！我不逼你了。其實這也不干我的事，只是有點看不下去才想說一下……你不覺得你對女孩子的態度很奇怪嗎？」

「哪裡怪？」我有些僵硬的說。

「我和怡君半夜跑來找你借浴室，你除了在心裡吐嘈我們太任性外，不太會往『我

們是不是對你有意思』這方面聯想吧？」

「那是因為妳們是同事呀！」

「還有那個借我們吹風機的女孩子，你半夜去跟她借吹風機，心裡卻完全沒有這可能會害人誤會的想法……」

「那是因為她是朋友。」

克拉拉露出孺子不可教也的表情。

「說不定對方不是這麼想的呀！男女單獨相處，難免會往奇怪的地方想。還有，女生剛洗完澡的樣子最性感，你卻完全一副目不斜視的樣子，連想看都不想看，一般的男生隨時都在發情，才不會像你這麼規矩，換成是阿德都不知道會做出什麼事。」

「不是每個男生隨時都在發情，只有阿德隨時都在發情啦！」

「不、你不會往曖昧的方向去想，是因為你心裡有忘不了的人。」

我不知道該怎麼回答，只好保持沉默。

「不管你怎麼想，那些都是很多年前的事了。誰沒交過幾個男女朋友？大家不還都是過得好好的？我知道初戀很難忘，但也只是很難忘記，總有一天還是會遺忘的。」克拉拉大力拍了拍我的肩膀：「好好整理一下自己的心情，你得繼續往前進才行。」

我思考著克拉拉說的話，不知不覺間進入了夢鄉。

夢裡什麼都沒有，只有一片黑暗。

許久之後，黑暗中傳來細微的海潮聲，有什麼沉甸甸的東西壓在我的肩上，還有光線透過眼皮射了進來，我這才發現，這一片黑暗是因為我閉著眼睛。

這裡是哪裡？

我睜開眼睛。

和我想像的一樣，夢中是黑夜，腳下的是粗糙的水泥，明明沒有風，海浪仍舊永無止境的拍向陸地。

厚厚的雲層遮住了月光，失去了月光映照的海浪是黑色的，看起來就像是吞噬一切的怪物不斷逼近陸地。

楠閉著眼睛靠著我的肩膀，發出平穩的呼吸聲，看來應該是睡著了。

我們不在宿舍睡覺，來海堤旁做什麼？

我掏出手機想看時間，手機沒電了，我無法判斷現在是幾點，只知道整個海堤都沒有人，那些總是半夜不睡的情侶也回宿舍休息了，長長的海堤只剩下我和楠。

看著楠可愛無憂的睡臉，我不忍心叫醒她。我隱約知道這只是夢，夢醒了一切都會改變，懷抱著珍惜的心情看著楠的睡臉，她睡得很熟，不知道是不是夢到了什麼好夢，嘴角微微翹著，偶爾還會做出吞嚥的動作，大概是夢到在吃什麼好吃的東西吧。

我悄悄握緊她的手，因為楠一直靠著我的肩膀，我又長時間維持轉頭看她的姿勢，肩膀和脖子都痠痛得要命，這痠痛的感覺卻讓我覺得有幾分甜蜜。

期間楠換了幾次姿勢，最後乾脆趴到我的腿上，枕著我的腿睡著了，翻身時不忘用頭蹭蹭我的腿，蜷起身體的樣子像是睡著的貓。

等我回過神來，天色已漸漸亮起，楠的睫毛顫了顫，醒了過來。

「月光海出現了嗎？」楠揉了揉眼睛坐了起來。

「不、天亮了。」我說。

「可惡！等了一整晚竟然沒等到！」楠站起來高舉雙手伸了個長長的懶腰。

我看著她伸懶腰的樣子，笑了。她停下動作，蹲下來摘掉我的眼鏡。

我受到誘惑抬起了臉，一點一點的靠近，先是鼻子相觸，我和楠互相望進彼此的眼睛。

我們的嘴唇分開時，天色已然大亮，早起運動的歐巴桑用責備的眼神望著我們，嘴裡說著：「現在的年輕人喔……嘖嘖！」然後搖了搖頭走了。

「餓了！我們去吃早餐吧！」楠站起來拍拍屁股上的灰塵。

「走吧。」我話還沒說完，楠就拉住我的手，快速的親了一下我的臉頰。

「怎麼辦？我好喜歡你喔！」楠笑嘻嘻的說。

「我也是。」我說。

我醒來時，看見昏暗的房間為之一愣。感覺那個夢才是現實，而這裡才是夢境，這

樣才是對的。

但現實當然不是這樣，我躺在只有一個人睡覺的雙人床上，「貓」霸占了我的枕頭，一隻前腳還放在我的額頭上，月光從百葉窗的縫隙照在床上，我一轉頭，就能看見明月高懸於空。

也許，今天晚上會有月光海吧。

那一天等了一個晚上都沒有看見的月光海，此時正映照在遙遠南方的海面上，我想像月光映照在海面上形成一條光的道路，現在想起來，那簡直像是通往某個奇幻國度的通道。

第三日·

第三日・下午・不同的海邊與相同的橘子貓

今天實在稱不上是愉快的一天，首先是我在廁所前遇到小文三次，頭兩次跟她打招呼她不肯理我，最後一次連眼神都不願意和我交會。

這是人際關係面的不愉快，緊接著是工作上的不愉快，有一家客戶想出貨，但貨款還沒進來，財會部堅持有錢進來才能出貨。而客戶認為：既然你們堅持那我們就開票，但請自己過來拿。業務表示這是財會部堅持不出貨，要拿支票財會部自己去拿。

在這場踢皮球大戰中，財會部獲得了壓倒性的……敗北。再加上阿德請假，本部門毫無異議由我出面去領支票是也！

「你忍心讓我們這些弱女子跑這麼遠嗎？」克拉拉對我拋了個媚眼。

「好啦好啦！計程車費給你報帳！」怡君推了推眼睛。

龜毛的客戶要求領支票時要帶識別證過去，不幸的是我今天正好把識別證放在家裡，我還得回家去拿識別證。

一打開家門，「貓」一臉興奮的等在我門口，像是預知到我會回來似的。

「你今天要去的客戶家離南寮很近對不對？」「貓」的眼睛閃閃發亮：「可以帶我去嗎？」

「是可以啦……但你去那邊做什麼？」

「南寮不是漁港嗎？我想要加菜！還有小橘紅牠們也委託我買。」

我瞄了房間的電腦螢幕，馬上就意識到這些貓妖精是用網路聯繫，但我一決定要去拿支票就馬上回來了，這些貓的消息也傳得太快了吧！說好的節能減碳呢？大家快去檢查家裡的電費帳單呀！

「喔，因為定春就在你們公司，牠說牠要買蝦子。」「貓」讀取到我的想法，很自然的解釋道。

定春又跑去公司了？這個愛跟蹤主人的傢伙！

「買了誰要煮？」

「要是連煮魚這種小事也不會做的話，我們還好意思自稱妖精嗎？」「貓」一臉得意。

「要買是沒問題，但誰要出錢？」我說。

「當～然～是～你～呀！」「貓」說。

「為什麼？」難道我的頭上寫著「冤大頭」這三個字嗎？

「我們是貓呀！沒有賺錢的能力，而且偷主人的錢是不好的行為，只好讓好心的阿哲葛格幫我們加菜囉！」「貓」說著，倒在地上翻出了肚肚。

喵的！翻肚肚就能解決問題的話，這個世界就不用警察了呀！還有，偷主人的錢是不好的行為，拗我加菜就是正確的行為嗎？可、可惡……「貓」翻肚肚的樣子真的好可愛呀！

「剛忘了跟你說，摸一下一千塊喔！」「貓」愉快的說：「看在我們的交情上，就不跟你收這麼多了，等一下的菜錢給你出就好了喵！」

黑店！這是黑店呀！還敢說你們沒有賺錢能力！去開摸肉球一次五百塊、摸肚肚一次一千塊的店就賺翻了好嗎？

「貓」見我放棄抵抗，一個翻滾就從我的手下逃開：「我餓了，我們出發吧！」

「什麼？你到現在才拿到支票？怎麼會這麼慢呀！業務和生管一直趕著要出貨，就只差拿刀子站在我旁邊威脅我了！」怡君不高興的聲音從手機另一端傳來。

「沒辦法，我到客戶那邊他們才開始開票呀！而且他們財務小章的保管人跑去喝下午茶了，我還得等她回來才能蓋到章，我有什麼辦法！」

「嘖！你檢查過支票了嗎？票期沒開錯吧？沒問題的話我就要放行囉！」

「沒問題，票期也是說好的一個月後，但會不會跳票我就不知道了……」有開票不代表他們支票存款裡面有錢呀！

「那個之後再說。」怡君啪的掛斷電話。

拿到支票的時候已經五點半了，現在就算趕回去上班也已經到了下班時間。我計算了一下時間，決定晚點再把支票拿回公司鎖進保險箱。我載著「貓」去市場買了牠想要的魚蝦，「貓」還很專業的要我記得跟老闆索取保麗龍盒和冰塊。

抱著保麗龍盒走出市場，海風迎面而來，這時我才意識到南寮是漁港，理所當然是在海邊，而我已經很久沒有到海邊走走了。

把保麗龍盒放好，我坐上機車往堤岸騎去。

南寮的堤防很陡，不像西子灣的堤防能直接跑上去，得靠著一個有點破爛的木梯才能爬上去。

一對先到的情侶想爬上堤岸，女孩子拚命搖頭，直說她不敢爬。如果是楠的話，她這麼愛爬上爬下，這種木梯對她來說應該一點問題都沒有吧！

我用力握拳，想藉著動作來遺忘胸口的疼痛，前面的小情侶還在「我不敢爬」、「有我在不要怕」的無限循環中，害我很想大喊「閃開讓專業的來」，但我終究沒有那麼做，因為我明白，能和喜歡的人一起做無聊的事是多麼的幸福。

「喂，上面風好大，毛會亂掉，我就不上去了。」「貓」說完就走到堤防的角落，懶洋洋的蜷成一團。

這時小情侶最後決定放棄，我爬上木梯，終於站到僅容一人通過的狹窄堤防上。

新竹的天空灰灰的，海也灰灰的，我閉上眼睛，試著想像昨晚夢中的情景、想像我在西子灣的海邊，但沒有用，天氣不夠熱，而且新竹的海風大了不少，就連海的味道也不一樣。

「喂，你還醒著嗎？」我說。

「嗯。」「貓」懶洋洋的聲音從下方傳上來。

「接下來的話，你可以聽聽就好，我只是想說說而已，不用給我建議也沒關係。」

我頓了頓，繼續說道：「昨天我和克拉拉說的話，你應該都聽見了吧。其實，她說的我都明白，我也知道該往前進了，可是……要前進的話，我也不知道該往哪邊前進。如果說要從遺忘過去開始的話，我不想忘記她。一想到她也許在這個世界上的某處等待著我，我就像是踏入泥沙一樣，怎麼也移不開腳步，越陷越深。」

新竹不愧是風城，海風呼呼的響著，我連自己說話的聲音都聽不太清楚，也不知道「貓」聽不聽得到我在說什麼，不過正如我先前所說的——我也只是想說說而已。

眼角瞥見有什麼在動，仔細看才發現堤防上有隻橘子貓在散步，橘色的尾巴翹得高高的，看起來很愜意的樣子。記得在學校也有隻橘子貓很愛在堤防那裡出沒，也許這種毛色的貓特別喜歡海邊吧。

「昨天晚上我做了一個夢，夢到我和她坐在堤防上，等月光映照在海面上，我們等到天亮也沒等到。我在夢中一度思考起明天得上班要早點睡，我竟然忘了，那時我們還年輕，就算整夜不睡隔天也精神十足，再說也有蹺課回宿舍睡這個選項。」

「現在想起來這種行為真的挺無聊的，一晚不睡累得半死，水泥地又硬又粗，坐得屁股好痛，手肘也擦傷了，可是……我卻覺得好幸福。真的很幸福。」

一想到楠毫無防備的睡臉，以及醒來後，漫長、沒有目的的親吻。我就忍不住揚起嘴角，儘管胸口還是很痛，喉嚨也澀得要命，但我還是笑著。

「我想，以後我可能還會愛上別人，也許會和某個好女孩共度一生，但那不一樣，真的不一樣！」

除了上課，我們幾乎時時刻刻在一起，一起吃飯，手牽手一起走路，半夜遊走在校園中，在任何沒有人的角落擁抱、親吻，然後一起聽海的聲音直到天明。

「不可能會再有那樣相互陪伴的時光了！」我用盡全身的力氣吐出這句話：「我以後不可能會再這樣愛著一個人了！」

我迎著風抬起頭，瞪大眼睛看向灰雲滿布的天空，即使覺得眼睛乾澀也不要眨眼，聽說這樣做，眼淚就不會流下。

微涼的海風吹過我濕潤的眼睛，捲走我沒有流下的眼淚。橘子貓走過來，坐在我身邊，和我用同樣的姿勢面對著海。

也不知過了多久，我感覺好了一點，才低下頭，發現眼淚沒有流下，流下的是鼻水。

「我決定好了。」說沒兩句話，鼻水流得更凶了，我抽了張面紙擦擦鼻子，繼續說道：「我要到妖精界找楠。」

我想過了，那名和楠有著相同長相的少女在妖精界，科學園區和鬼打牆迷宮相連，鬼打牆迷宮和妖精界相連，如此一來我不用再次開啟妖精之門就能進入妖精界。「貓」曾說過，牠先前會失蹤就是因為意外掉入了鬼打牆迷宮，後來牠透過時空的縫隙前往妖精界，和我們一起從妖精之門回到現實世界。

那名少女和楠有著相同的容貌，她和楠一定有某種程度的關聯，她說她在等我，她一定有話跟我說……這是我所知道最有可能找到楠的線索。

「所以，我要去，你願意陪我去嗎？」我試著詢問「貓」：「說不定去了就能知道為什麼你的人型和楠一模一樣，你應該也想知道以前發生了什麼事吧？」

「喂，少年仔，你真的去的話，下個滿月就會死囉。」

奇怪了，「貓」為什麼要叫我少年仔？還有，牠的聲音什麼時候變這麼粗、這麼MAN了？牠不會是吹了風就感冒了吧？

我往堤防下看去，想尋找「貓」的身影，橘子貓走過來用前腳拍了拍我的大腿，我不知道牠想做什麼，就伸手摸摸牠的頭。

「喂、少年仔，別發呆了！」橘子貓彎身甩掉我的撫摸，粗著嗓子說道：「你很快就會死！認真點呀少年仔！」

咦咦咦？和我說話的是這隻橘子貓？

「喂！你哪裡來的呀？幹嘛搶我台詞？」「貓」跳上堤防，看到橘子貓時忽然倒退了兩步，驚叫一聲：「喵的！怎麼會是你？」

「你都能來了，我為什麼不能？」橘子貓眯起眼睛，露出鄙視的表情：「你還是和以前一樣怕水呀？看到海你的腿都快軟了吧？」

「貓、貓、貓、貓本來就怕水了！像你這麼喜歡水才奇怪吧？」「貓」結結巴巴的回擊：「你的神經這麼粗，根本是狗！」

「你說誰是狗？」橘子貓憤怒的跳了起來：「你才是狗，你全家都是狗！」

從橘子貓激動的反應來看，被罵是狗是很嚴重的侮辱……你們這樣狗狗不會生氣嗎？

話說回來，連我都不知道「貓」會怕水，為什麼橘子貓會知道「貓」怕水？

「等等，你們兩個認識？」我擋在橘子貓和「貓」中間，防止牠們打起來。

「當然認識呀！不要說是牠了，我也認識你呀！」橘子貓用低沉的聲音理直氣壯的回道。

「咦咦咦？認識我？那我也認識你嗎？」

「認識呀！你以前不是常和一個漂亮美眉一起在海邊散步嗎？說起來你還摸了我好幾下，現在竟然假裝不認識，好薄情的少年郎吶～」

聽到海邊和漂亮美眉這兩個關鍵字，我馬上就反應過來：「難道你就是……那隻很喜歡在碎波塊散步的橘子貓？」

「沒錯！吾乃乘風破浪的海上貓兒——海叔是也！」

……乘風破浪的只有堤防吧！還有海上貓兒是什麼東西呀！

「少年仔，在心中吐嘈我還是聽得見。還有，我一直都記得你，你卻忘了我，實在令人心碎呀！」自稱是海叔的橘子貓抹了抹眼睛，裝成抹眼淚的樣子……也太愛演了吧！

「呃、我沒忘了你，只是認不出來。」橘子貓在我看來都差不多呀！剛剛沒把橘子貓認成小橘紅也是因為體型的關係，而且小橘紅的肚子沒那麼多贅肉……

「那個不是贅肉，那象徵的是身為貓的肚量是也！」海叔完全不管偷讀別人的記憶是不對的這回事，直接和我內心的吐嘈進行對話。

「贅肉說成是肚量還是贅肉！這麼胖不怕跳一跳不小心墜落到海裡嗎？」「貓」似乎還在記恨海叔說牠腿軟的事，針對橘子貓的贅肉不斷攻擊：「你比以前胖了不少嘛！吃太好了喔？」「貓」用前腳摸了摸海叔溢出來的肥肉。

「你倒是沒什麼變，就是跟主人的品味變差了，以前跟的長髮美眉多可愛呀！幹嘛改跟這個沒什麼特色的眼鏡男呢？雖然你是母貓，但只要對方夠可愛，就算搞蕾絲邊也沒什麼關係呀！」

我選擇性的沒聽到後半段。「你知道牠以前的主人是誰？」

「當然知道呀！奇怪了，牠以前的主人你也認識，就是常和你一起散步的美眉呀！」海叔完全沒注意到我和「貓」一臉震驚的樣子，視線盯著「貓」，嘴上繼續爆料：「可惜那個美眉的命不是很好，我不過稍微跟你提了一下看到的未來，你就很雞婆的跑去說要救她，還一臉很酷的跟她說『妳某某天會死』，結果有成功嗎？」

海叔劈里啪啦說完後，回答牠的是一片沉默。

我是一時間接收了太多訊息，頭腦處於當機的狀態無法回應；「貓」則是一臉茫然，似乎完全聽不懂海叔在講什麼。

「你們幹嘛不說話呀？」

如果在聯誼，海叔絕對會因為讀不出現場氣氛而被女生討厭。

「該不會沒成功吧？歹勢歹勢，不過我之前就跟你說過不太可能成功，你也不要太難過嘿！」

「呃、那個……我們從頭說起好嗎？」我艱難的開口：「你說『貓』認識楠？在哪裡認識的？」

「我很早就想說了，你為什麼在心裡一直叫牠『貓』呀『貓』的，你不知道牠的名字叫小翼嗎？這名字還是你馬子取的勒！」海叔皺著眉頭問道。

「我有聽說過，不過叫不習慣。你先回答我的問題。」

「在你們學校認識的呀！你應該也看過牠吧？小翼的勢力範圍是女生宿舍的停車場，專門靠跟女學生撒嬌賣萌獲得食物，阿叔我好羨慕呀！」

出現在女生宿舍停車場的貓……

我記得和楠第一次見面的時候，楠蹲在花壇旁和某隻貓說話，因為天色昏暗加時隔已久，我已想不起來那隻貓的花色，難道說……那時的貓就是「貓」？

種種巧合讓我暈眩不已。

「你說……你看到楠的未來？那是什麼樣的未來？」我一口氣說完，不讓自己有反悔的機會。

「我剛剛就說了，她的命不好，年紀輕輕就……」海叔搖頭嘆氣：「我也是偶然間看到她會死，但阿叔我不插手世事很久了，就試著跟小翼說了一聲，沒想到最後還是沒能救成呀！」

「意外？什麼樣的意外還記得嗎？」我緊張的按住海叔的肩膀。

「我也沒看得很清楚，只記得流了很多血，那場面連阿叔我看了都會怕呀！」

不對呀！楠應該是生病……不，我不記得那封通知楠即將死亡的信的詳細內容，但我有楠生了重病的印象。對了，不久前我恢復了被西瓜刀砍傷的記憶，在醫院醒來後，我看見了臉色蒼白、臉頰凹陷的楠，那絕對是生了重病才會出現的樣子。

可是，那時我還沒和楠分手，在我出院後，楠半點也沒生過病的樣子，頂多瘦了一點——隔沒多久又被我養胖了，那我那時看到的楠是怎麼回事？還是重病的楠只是我在做夢？

記憶都能夠被偷了，夢也是真的，我不想放棄任何一個線索。我拿出手機，撥了系辦的電話。

「你好，這裡是財管系系辦的張姐，請問有什麼事嗎？」

太好了！張姐還沒下班。

「張姐好，我是阿哲，妳還記得我大四時受傷去住院的事嗎？」

「記得呀！我們還和教官去醫院看你，你忘了嗎？沒想到在學校附近會發生這種事，真是嚇死人了。」

「我住院的那時候，林羽楠有生病嗎？」

「沒有吧？她那時常跑來系辦說要請假去看你，我記得頂多就臉色白了一點，我猜那是因為擔心你，她應該沒生病吧！」

「嗯，謝謝。」我道了謝，在張姐提出更多疑問前掛了電話。

我出意外後常發燒，大部分的時候都迷迷糊糊的，只隱約記得楠常來看我，她能夠常常往返醫院和學校的確不像是生病的樣子。而那時我看見的楠絕對不只是臉色白了一點，比較像是……病入膏肓的樣子。

這到底是怎麼一回事？

海叔拍拍我的手臂。「少年仔，怎麼話講到一半開始講電話，真沒禮貌捏！阿叔本來有好康的要跟你說，現在有點不想說了。」

「什麼好康？」

「表情別這麼可怕，其實也沒什麼。我剛檢查過小翼的記憶，牠的記憶被偷走了喔！」

「這個我也知道。」

「稍安勿躁呀年輕人！我還沒說到重點。」海叔不愧為海叔，說話時也和大多數的長輩一樣囉嗦：「你不好奇是誰偷走牠的記憶嗎？」

我倒是沒仔細想過這件事。依我對「貓」的印象，我猜牠不是自己不小心摔倒忘了記憶，就是嘴巴太毒得罪了哪來的妖精，人家為了報復就隨手偷走牠重要的記憶什麼的。想到這裡時，「貓」瞪了我一眼，我不理牠，握住海叔的前腳：「請告訴我是誰偷走了牠的記憶。」

「其實滿好猜的，你們推理小說不是常會說，只要去掉不可能的那幾個人，剩下來最有動機的就是凶手嗎？」見我完全沒有要捧場的樣子，海叔不甘願的說出了答案：「偷走小翼記憶的就是漂亮美眉、也就是你口中的楠喲。」

聽到這個消息我像是挨了一記悶棍——而且還是打在頭上、讓人眼冒金星的那種打法。我扶住頭，一時間說不出話來。

「怎麼可能？她是人類，又不是妖精，怎麼可能有辦法偷走我的記憶。」「貓」小聲的反駁。

「Every thing is possible。再說你的能力不就是『把記憶化為真實』嗎？像這位少年仔想像力這麼豐富，只要他拚一點，他想像的事你都有可能把它化為現實。」

海叔說的話讓我想起了某個可能，但在我想清楚前，那抹微小的靈光又消失了。我深呼吸了幾次，告訴自己不要急，把事情從頭弄清楚。

「你怎麼會知道偷走記憶的人是楠？」我說。

「我稍微探索了一下小翼的記憶，牠的記憶裡有一大段的空白，那裡殘留了一點漂亮美眉的味道。」

「為什麼其他的妖精沒有發現這點？」

「每個妖精都能讀記憶，但功力深淺個個不同，再說牠們又不認識漂亮美眉，就算偶然發現了一點記憶的碎片，又怎麼會知道那是誰的記憶……」海叔話說到一半，猛然抬起頭盯著我的眼睛：「少年仔，你的記憶也有殘缺喔！嘖、這麼破碎的記憶我還是第一次看見。」

「我的記憶也是楠偷走的嗎？」

「應該不是。你的記憶空白處殘留的味道很複雜，而且貓狗都有……」海叔抬起頭

使勁聞，聞著聞著眉頭皺了起來：「這不對呀！怎麼會有這麼多妖精偷過你的記憶，而且還都只是貓狗妖精，尤其是白色的波斯貓偷得最多……」

……好吧！我知道凶手是誰了。就是那群以幫忙的名義，索求記憶無度的貓狗妖精啊啊啊！

「除了『貓』的記憶是被楠偷走的以外，你還知道什麼嗎？像是當年的『貓』說要去拯救楠的後續發展？」我握住海叔的貓手，問得十分誠懇。畢竟海叔是唯一能解除我的疑惑的人……「貓」和定春經常一問三不知，回答不上來又會惱羞成怒。

「其他的我就不知道了。」海叔把貓掌從我的手中抽回。

「那您還記得您是什麼時候看到楠的未來嗎？」我對海叔的稱呼已經從「你」自動升級為「您」了。

「六、七年前吧？」海叔彎起身子，用後腳抓了抓耳朵：「我想想，還是五、六年前呀？」

「呃、到底是什麼時候？」三年的時間可以發生很多事呀！

「啊就不記得了嘛！活了這麼久，對時間早就沒感覺了。」

海叔繼續彎曲身體試著抓耳根，抓了半天還沒抓到癢處，我認命的伸手幫牠在幾個可能發癢的地方抓了抓，海叔享受的瞇起眼睛，滿足的嘆了口氣：「少年仔，你真是個好人呀！為什麼好人都不長命呢？」

啊、剛扯了這麼多，竟然忘了最重要的事。

「你剛一看到我就說『你下個滿月會死』，是看見了什麼嗎？」

海叔抬頭望著遠方，露出高深莫測的表情。「天機不可洩漏。」

「啊？」我很困惑，這是某種神秘的預言嗎？「能不能說仔細一點？」

「不要理牠！」「貓」轉頭狠狠的瞪向海叔：「你只是覺得說『你快要死了』很帥吧！」

海叔乾笑兩聲：「我長到這把年紀還沒試著說過這種話，我只是想說說看嘛！」

……幸好我已經被唱衰習慣了，不然一般人聽你這麼說不嚇死才怪。

「我也沒說謊，我真的有看到少女和少年仔呀！天上有滿月，還有人倒了下去，畫面很混亂很難看得清楚喵！」

「所以我不一定會死？」見海叔點頭，我鬆了口氣：「你看到的畫面裡的女孩子是

楠嗎？」

「對呀。」

「真的是她？不是長得很像楠的什麼人？」我說明道：「我之前曾在妖精界看到一個和楠長得一模一樣的女孩子，但我總覺得她不是楠，所以我才會這麼問。」

「真的是她。」海叔肯定的說道：「我好歹也在她的腿上睡覺過好幾次，不可能會認錯。」

我的心臟撲通撲通的跳著。「所以，我去了妖精界，就能夠見到她？」

「是可以見到。但非常危險喔！人類不能在妖精界待太久，否則很可能會迷失，而且沒有人清楚在妖精界會發生什麼事，很有可能會回不來喔！不是開玩笑的，真的可能會死喔。」

「人隨時都可能會死呀。」我說。

海叔專注的看了我一會兒。「既然你已經下定決心，那阿叔我也不多說了。我睏了，就先這樣吧。」

「嗯，謝謝你告訴我這些。還有，很高興再見到你。」我誠心誠意的道謝。

「走吧。」「貓」說完就自己跳下堤防，看來牠真的很討厭水。

「等等，我突然想到一件事。」我轉身尋找海叔的身影，幸好牠還沒走遠：「海叔，我問你，你剛有說牠要去救楠不太可能成功，你這麼說有什麼特別的原因嗎？」

「未來有分成能改變和不能改變的呀……」海叔沒有回頭，繼續往前走。

「能改變和不能改變的？」

第一次見到「貓」、被牠預言會死時，「貓」和定春都一口咬定我會死，但「貓」變成人型救了我，所以我的未來改變了。

如果這就是能改變的未來，那不能改變的未來是什麼？

一想到那個可能性，我的胸口就痛得不得了。但我還是得面對那個可能性，不能不面對，我緊握拳頭，大聲問道：「海叔！你說楠不太可能得救，是因為……那是不可能的未來嗎？」

海叔停下腳步。「這個答案你得自己去找！少年仔！」

聽到這個答案，我分不清自己是失望還是鬆了口氣，只覺得全身無力。

「謝謝！」我大喊。

海叔動了動耳朵表示牠聽見了，從堤防上跳到碎波塊上，找了一塊合意的碎波塊蜷成一圈。

不知不覺間天色已大暗，我爬下木梯時看見月亮已經升起，月亮很亮、很接近圓型。

「為什麼是滿月？」我說：「滿月之夜對於妖精來說有什麼特別的嗎？為什麼海叔預見的影像中是滿月之夜？」

「貓」想了想。「因為滿月之夜妖精之力會達到最強，妖精的能力能完全發揮，想要開啟或關閉妖精之門相對比較容易，所以如果要去妖精界的話，最好選在滿月之夜。」

我掏出手機查詢日曆，今天是農曆十四號，明天就是滿月之夜。

「明天就是滿月呀……」還真是擇日不如撞日呀。

「你是笨蛋嗎？每個月都有滿月好嗎？」「貓」嘆了口氣：「不過，你還是想要明天去吧？」

「你果然很了解我。」我說。

「貓」嘆了口氣。「我陪你去吧。」

「太好了。」我抱起「貓」。

「什麼太好了?你難道以為我不會陪你去嗎?」「貓」不高興的問。

「我是覺得你會陪我啦!但這畢竟是冒著生命危險的事,不能夠把你的幫忙當作是理所當然的事呀。」

「笨蛋!你在客氣什麼!」「貓」懲罰性的抓了我的臉一把:「我當然會陪你去,只要我們在一起,就無所不能喔。」

第三日・晚上・決戰前一夜與無法接受的答案

「記得把吹風機還我==」

回家前我收到了小文傳來的簡訊,從後面的表情符號看來,小文好像還有點不高興。就我所知，小文是個有什麼不高興的事睡一覺就忘了的人，生氣很少會持續這麼久，她會生這麼久的氣有點不尋常，如果不是精神上的因素讓她生氣，那麼就有可能是生理因素，女性每個月都會有幾天特別不舒服……

「如果女孩子一生氣，你就覺得人家是那個來的話，你一輩子都交不到女朋友！」「貓」一臉鄙視的說。

「呃、我有交過女朋友呀。」

吐嘈遭到反擊，「貓」的面子有些掛不住，哼了一聲說道：「反正這樣想很討人厭就對了！大家生氣都是有原因的呀！要是你每次不高興都有人說你是性衝動，你會高興嗎？」

「我是無所謂啦……可是一說到愛生氣，我就會想到我們公司的老闆，一想到老闆那麼愛生氣是因為性衝動，我就覺得挺……」挺噁心的。

「我也覺得很噁心。」「貓」說：「不管小文為什麼生氣，你帶些她喜歡吃的東西過去總是不會錯的。」

我聽從「貓」的建議，買了一包小文喜歡的手工餅乾，帶著餅乾和吹風機，到了小文家樓下後打電話給她。

「喂，我是阿哲，我要還吹風機。」

「嗚、嗚嗚……我現在下去，掰。」

咦？小文講話的聲音鼻音很重，聽起來好像哭過的樣子，她是怎麼了？

小文可以說是闖禍大王，經常被捲入混亂中，讓別人為了救她忙得半死，可她卻一臉悠哉的樣子，完全不知道自己曾陷入危險。之前她不知情的時候狀況已經夠凶險了，在她有感覺的情況下，這次的狀況到底是有多凶險？

胡思亂想間，鐵門打開了，小文探出頭確認是我，一聲招呼也不打便扭身上樓。我趕緊跟在她後面，擔心她是不是還在生氣，她也不管我有沒有跟上，踩著拖鞋啪啪啪的就爬上四樓，走進自己的房間。

「那個……我進來囉。」我推開沒有虛掩的房門——門沒鎖上，應該就是可以進去吧——走進房內，迎接我的是一聲驚天動的的哭聲。

「嗚嗚嗚嗚嗚……好可憐呀！」

窩在電腦前的小文滿臉淚痕，抓著一張衛生紙擦著鼻子，桌上滿滿的都是一團團的衛生紙，螢幕上播放著某部有點眼熟的電影。

……我剛剛擔心得要死，結果這傢伙竟然是因為看電影哭成這樣。

「東西我放這裡喔，裡面的手工餅乾是謝禮。」

「喔，謝謝。嗚嗚嗚。」

「妳在看什麼，怎麼哭成這樣？」我湊到電腦前。虎胤跑到我腳邊蹭了蹭，趴在小文腿上的定春用尾巴碰了我一下當作是打招呼。

「我、我在看……《時光機器》。」小文抽著鼻子回道。

《時光機器》？不就是一部男主角想回到過去拯救未婚妻，但不管怎麼回到過去都救不成，最後卻不知道為什麼跑到超遙遠的未來和類猿人打鬥的電影嗎？

「這部片有什麼好哭的？」雖然我看這部片已經是很久很久以前的事了，但我還是想不到哭點在哪裡。

「明明就很可憐！」小文憤怒的摔下一張衛生紙，抓起另外一張衛生紙擦鼻涕：「男主角為了拯救死掉的未婚妻，發明了時光機器，想回到過去拯救未婚妻，可是不管回到過去幾次，都只能看到未婚妻一次次死去，無論怎麼樣都救不了她……你不覺得很可憐嗎？」

「嗯。」從這個角度來想是很可憐，只是後面出現的原始人大戰印象太深刻，讓我忘了前面有如此感人的片段。「妳到底哭了多久，怎麼會用掉這麼多衛生紙？」

「沒有啦，我有點感冒了，鼻水一直流個不停……」小文抽著鼻子，隨手把衛生紙丟在桌上，用擦過鼻涕還有點濕潤的手指摸了摸定春的頭。

定春的尾巴猛然拍了一下，看來牠也察覺小文的手上殘留有鼻涕。小文完全沒察覺到她把鼻涕抹到心愛的白貓身上，摸完定春後又拿了一張衛生紙繼續擤鼻涕，定春則趁機從她腿上跳下來，逃離被當作衛生紙替代品的命運。

「對了，你來幹嘛？」

「我來還吹風機。」我把手中的紙袋遞給小文，「那包手工餅乾是謝禮。」

小文翻出餅乾看口味。「哼哼，竟然是我喜歡的口味，還真是會討好女孩子。」

「這跟會不會討好女孩子沒關係吧？妳叫我幫妳買過好幾次，當然會記得妳喜歡什麼口味呀。」

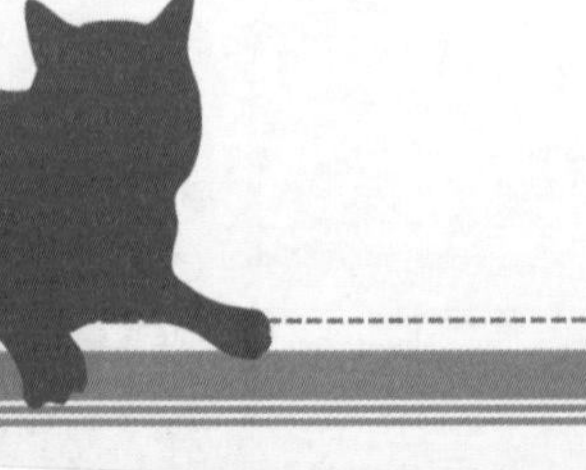

小文又哼了兩聲，這次哼得有點太用力讓鼻水流了出來，我趕緊抽了一張衛生紙遞給她。小文抹了抹鼻子，抬起頭瞪了我一眼。

「你喜歡長頭髮的女孩子？」

我愣了一下。「喜歡呀。」

「那我來猜猜……昨天去你家借浴室的女孩子至少有一個是長頭髮？」

「對呀！」克拉拉的頭髮超長的。「妳問這個做什麼？」

小文臉色一變。「我要繼續看影片了，你回家吧。」

咦咦咦？「妳怎麼……」

「不要惹她，趕快出去吧。」定春跳到我肩膀上，在我耳邊小聲的道。

「你主人是怎麼回事？怎麼說生氣就生氣？」我用力想著，相信定春會讀出我的想法。

「她……」

「定春，不要理那個笨蛋。」小文揮了揮手：「快出去吧！門我等一下再關。」

定春同情的看了我一眼。「你快回去吧。我晚點再去找你。」

「事情我大概知道了，不過……」定春垂下耳朵，露出有點不好意思的表情：「我不能和你一起去妖精界。」

「我知道，你要是出了什麼事，小文會很傷心，再說這件事和你也沒什麼關係，是我一直麻煩你。」

「是很麻煩。」定春微微揚起嘴角：「不過你不在也很麻煩。」

「呃、怎麼說？」

「這樣就沒人可以吃了呀。」說著，定春就湊了過來。

一分鐘後，看著一臉心滿意足的定春，我這才意識到……我又被貓咪調戲了啊啊啊啊啊啊！

定春舔了舔嘴角，金眼閃閃發亮：「看在你的記憶這麼好吃的分上，有什麼需要幫忙的就說吧。」

「我要借用你能看到『因果線』的能力。」我解釋道：「你之前不是看到我和『貓』的因果線連接到鬼打牆迷宮的深處嗎？我猜……我想找的人就在因果線的另一端，所以我需要借用你的能力。」

「怎麼借用？」

「『貓』的能力『記憶的絕對真實』能把我的想像化為真實，再加上我只要和你有所接觸，就能看到因果線。我想只要你帶著我看到因果線，接下來我就能靠著想像和『貓』的能力看到因果線，並找出因果線的源頭。」

我解釋完畢，定春不斷點頭，看起來像是同意我的說法，實際上是在打瞌睡。

「別睡了，我們直接實驗看看。」我左手放在「貓」的頭上，右手握住定春，為了加強想像力，我還把少女給我的Ａ４紙放在膝蓋上：「我會想像妖精界的樣子，定春幫我看一下因果線。」

也許是妖精界的「楠」給我的印象太深刻，這次因果線很快就出現了，我和「貓」還有Ａ４紙上各有一條因果線，三條線在距離我兩、三公尺遠的地方匯聚成一條較粗的線。

「接下來請定春放開我的手，我和『貓』再試一次。」

我試著同時想像定春的因果線以及妖精界的樣子，結果這次實驗不太順利，因果線短暫的出現一下就消失了。

「定春，可以給阿哲幾根毛嗎？如果有你的毛當媒介，可能會比較順利。」「貓」提議道。

定春抖了抖耳朵，低下頭找地上有沒有掉落的毛，找了一會找不到後，才一臉不情願的從頭上拔了一根頭髮。

「請好好愛惜它。」

……我知道貓咪很愛惜自己的毛，但定春你每天應該也會掉好幾十根毛，有必要心痛成這樣嗎？

多虧了定春的犧牲，這次因果線很順利就出現了，持續了十來分鐘都沒有消失，後來「貓」不小心打瞌睡，才讓因果線不見。

「看來應該沒問題吧！明天也麻煩你了。」

和定春約定好明天會合的時間，把定春送到窗口後，「貓」已經窩在床上睡翻了。

這時我也覺得有點累了，拿著換洗衣物準備去洗澡，這時窗戶傳來咚的一聲，我回過頭，發現定春去而復返。

「我剛也看見了。」定春跳入我房間，一臉嚴肅。

「看見什麼？」我一頭霧水。

「你的未來……先別緊張，我看見的和海邊的橘子貓差不多，但有一件事牠沒有看清楚。」定春頓了頓：「那個畫面裡有兩個女孩。」

我有些混亂。「可是『貓』也讓我看過那個畫面，裡面只有楠呀！」

「只有一個有露出臉，另一個只有出現頭髮，所以橘子貓才沒有發現。」

「會不會是楠，以及那個和她長得很像的少女？」

定春搖搖頭：「我也不知道。畫面很模糊而且跳得很快，可能是未來還不是很確定。」

「你怎麼知道未來不是很確定？你是怎麼判斷的？」

「我亂說的。你為什麼這麼緊張？」

又亂說……

我有點無力，抓住定春的手按在我的額頭上。「我懶得說，你自己看。」

「嗯……」定春讀取完我的記憶，不知道是發現什麼，露出了非常嚴肅的表情：「所以，你要問我什麼？」

「你們所預測到的死期是可以改變的嗎？之前你和『貓』都很肯定我會死，但那個未來改變了，我到現在還活得好好的。從這個例子來看，你們所預見到的未來應該是可以改變的，那麼，是不是有無法改變的未來？」

定春思考了一下：「也許未來因為預言的介入而改變了，但最後的結局沒有變？舉個例子來說，也許你當時沒在三天後死掉，卻還是在半年後死掉，這樣未來就是被短暫改變了，但還是無法徹底改變。」

「你舉的例子也太令人毛骨悚然了吧！」現在差不多正好是半年後呀！

「那我換個例子。」定春陷入沉思：「就像小文剛剛看的那部影片，男主角不管回到過去幾次，都無法拯救他的未婚妻，就算避開了造成意外的因素，也會因為其他的因素而遇上那樣的意外……你怎麼了？」

「貓」也察覺到不對勁醒了過來：「喂！你沒事吧？」

「沒事，讓我靜一靜。」

我抓起棉被罩住自己的頭，用雙手緊緊摀住臉，用力的呼吸，短暫的將自己置身在完全的黑暗中，不被外界所傷。但這沒有用，真正讓我痛苦不已的是我腦中的想法，而我推測出的情況遠比我想像中的更殘酷、也更難令人接受。

「啊啊啊啊啊！」我大叫一聲，猛力搥向牆壁，劇烈的痛楚從我的手上爆發，短暫麻痺了我的思考，但疼痛很快就退去，我再次舉起手……

「打昏他。」「貓」說。

我暈了過去。

第三日．深夜．天上的圓月與救人要緊

「笨蛋，差不多該醒了吧？」「貓」用肉球啪啪啪的打著我的臉：「你醒來要是又大叫又搥牆壁的話，我會毫不客氣抓花你的臉喔。」

「醒了。」我推開「貓」的貓掌：「定春回去了？」

「回去了。怎麼？需要定春再打暈你一次嗎？我可以代勞。」「貓」摩爪霍霍。

「這就不必了。」我摸了摸還隱隱作痛的後頸：「你們也太狠心了！一般來說，遇到傷心得不得了的人不是應該用力抱住他，大喊『再難過也不可以傷害你自己』或是『不要難過！你還有我！』嗎？竟然直接把我打暈了事。」

「這樣子比較省事。」「貓」扭過頭：「哼，誰想抱你呀！」

「你這是在害羞嗎？再說都已經和我這樣那樣了……」我伸手將「貓」抱入懷裡蹂躪一番：「有什麼好害羞的！」

「誰跟你這樣！」「貓」一掌打在我的下巴：「說正經的！你剛剛到底怎麼了？」

「我……」我深吸了一口氣：「我想，我大概知道是怎麼回事了。雖然只是我的猜測，但應該差不了多遠。」

「你是指……你猜出楠為什麼會失蹤嗎？」「貓」愣愣的眨了眨眼睛：「這不是好事嗎？」

「可是，我的猜測比我想像中的難以接受。」我揉了揉「貓」的耳朵：「不要問我猜出了什麼，那些畢竟是我的猜測，不是真相，我還是得親自去找出答案。」

「那現在想通了嗎？不會再變成剛剛那樣吧？」「貓」垂下耳朵，小聲的說：「那樣真的好可怕。」

「我希望不會，可是……」我把「貓」抱在懷裡，牠總是這樣暖呼呼的、像個小暖爐，在微涼的秋天抱起來格外舒服：「我也不知道真的遇到了會怎麼樣。」

「沒關係，要是你表現得太失態的話，我會和平常一樣把你巴醒的。」「貓」掙扎著從我懷裡爬出來，在我面前亮出貓爪：「會特別用十成功力招待你，還不快說謝謝！」

「……還真是多謝。」被打還要謝謝對方到底是什麼道理，被虐待狂的處世之道嗎？

「你……明天一定要去嗎？」「貓」說完後不等我回答，嘆了口氣自顧自的回道：「算了，就算勸你你也會去，你就是這樣的人！」

「我會小心的，再說，你不是會陪我去嗎？」我說。

我看著窗外的月亮，想像明天此時究竟會是怎麼樣的情景，我真的能夠見到楠嗎？

見到她又要說什麼呢？

天邊飄來一片形狀怪異的烏雲遮住了月光，我抓起床邊的眼鏡戴上想看個仔細，還沒戴上眼鏡，就聽見耳邊響起細細的尖叫聲，有個黑影穿過窗戶直衝而來！

我第一個反應就是抓起「貓」滾下床，先避開第一波攻勢再說。撞到地板的瞬間，我聽見砰的一聲，一開始我還搞不清楚發生了什麼事，只覺得這聲音十分熟悉，直到紗窗砸到我的頭上，我才知道這股熟悉感從何而來——我的窗戶又被踹破啊啊！

「哼！不過是小小的黑妖精，竟敢在姑奶奶頭上動土！」橘髮美人姿態瀟灑的跳下床，一腳踩到我的肚子上。

「嗚、噗！痛！」我發出一聲慘叫，化身為人型的小橘紅這才發現我在腳下趕忙跳開，幸好她的反應迅速，否則我恐怕不用去妖精界就直接葛屁了。

「拍謝拍謝！」小橘紅一邊道歉，一邊又引發了另一聲慘叫——她從我身上跳開時踩到「貓」的尾巴。

「喵的！妳突然闖進來做什麼？妳不是最愛緊身衣了嗎？怎麼只穿著睡衣就跑出來？」「貓」被踩了尾巴十分不高興。

「你白痴呀！情況緊急，緊身衣穿起來太慢了喵！」小橘紅回道。

「不是『救人要緊』嗎？」「貓」出言諷刺。

「汪！大家不要吵架！出大事了！」銀髮青年——化為人型的小哈——從窗戶爬進來：「要吵架晚點再吵，趕緊帶守門人和好人出發吧！」

「什麼大事？」我被突如其來的狀況搞得一頭霧水。

「先出發再說。」小哈說著就一把將我扛到肩上。

「等等！至少讓我穿著褲子呀！」我慘叫著抓起床邊的褲子——我不想只穿著四角褲被貓狗妖精扛著在外面跑來跑去，實在太丟人現眼了呀！

「我們邊走邊解釋汪！」

等我一穿好褲子，哈士奇馬上扛起我跳出窗口，順著電線桿滑到一樓，轉眼間我住的老舊公寓已被甩得老遠。

「到底發生了什麼事？定春呢？」小哈跑的速度實在太快，為了避免暈眩，我索性閉上眼睛假裝自己在搭噴射機。

「小橘紅剛有繞去定春家看一下，但牠好像不在家裡，說不定先趕過去了。通往鬼打牆迷宮的裂縫變成一個大洞，很多奇怪的東西都跑出來了汪！」

我大吃一驚。「有妖精先過去支援了嗎？會不會有人不小心闖進裂縫裡？」

「附近的貓狗妖精都過去幫忙了，貓妖精負責迷惑人類，讓人類遠離裂縫處，狗妖精先到附近去收拾可能會造成危險的流浪妖精了。」

聽到小哈的報告我鬆了一口氣。「太好了，幸好你們反應夠快，否則我怕會有不少人被牽連進去。」

「但這只是權宜之際，貓狗妖精的數量不多，沒辦法全面顧慮到。」

我看著空中快速移動的黑影，像蝙蝠一樣的黑妖精三三兩兩的飛過，有幾隻還盤旋在我和小哈身側發出又細又高的尖叫，試圖吸取我和小哈的記憶，要不是小哈奔跑的速度夠快，恐怕過一會牠們真的會撲上來。就連離園區有一段距離的地方，都有如此數量的黑妖精，真不知道現場是什麼狀況。

「好人，抓緊了，我要衝了。」小哈低聲吩咐，表情是前所未有的嚴肅。

前方被黑影占據，黑妖精密密麻麻的占據了整個路口。

「不能繞路嗎？」該死！剛剛那些黑妖精發出尖叫不會是在呼叫同伴吧？

「不行，就算繞了路還是可能被追上，最好還是直接衝過去。」小哈壓低身體、肌肉鼓起，開始全力衝刺。

第一波黑妖精撲了上來，小哈一手抱著我，一手擋開黑妖精，黑妖精尖細的尖叫聲震得我耳朵疼痛不已，除此之外，還有一聲無法忽視的喊叫。

「好——人——接——住！」

接住？接住什麼？

我反射性的舉起手，一團毛茸茸的東西準確無誤被丟到我的手中。

「想像火。」「貓」說。「把這些混蛋全都炸飛。」

一聽見「貓」的話，我的腦中馬上出現電影中爆炸的畫面，某個以我們為圓心往外擴散的火牆，既熾熱、又凶猛，無法阻擋的火燄……

轟！

伴隨著爆炸聲而來的是黑妖精絕望的尖叫還有烤焦的味道，眨眼間鋪天蓋地的黑妖精已化為灰燼，風一吹就隨風散去。

「喵喵的！你想殺死我呀！我的頭髮都被你的爆炸弄捲了啦！你要賠我嗎？」被爆炸弄得灰頭土臉的小橘紅衝上來就給我一爪：「我剛剛可是拚了命把小翼扔給你耶！竟然恩將仇報！」

「別吵了！趁敵人還沒過來時快走！」小哈不理會小橘紅的抗議，扛著我和「貓」全力奔跑。

「可惡的笨狗！不要以為只有你可以跑這麼快！」小橘紅不甘示弱，幾個跳躍就跟了上來：「好人，你看我的髮尾都烤焦了啦！你之後要好好補償人家～」

我扯了扯嘴角——擔心自己一開口就會吐出來。

「哼，你沒有我果然什麼事都做不到。」「貓」說。

你在說什麼？我用困惑的眼神回望「貓」。

「貓」扭過頭，留給我一個後腦杓。「剛剛配合的不錯。」

「嗯。」我笑了笑。

「貓」回到我身邊已有一陣子，但一直沒有像這樣配合的機會——當然，遇到這種被壞妖精包圍的事最好還是不要遇到——剛剛的合作讓我再次找回了以前和「貓」合作無間的感覺。

小橘紅看不下去了。「喂！你們兩個有話不能好好說嗎？還眉目傳情心靈傳音勒！噁心死了喵……啊、前面又有一坨黑妖精！」

「好人，再用火炸飛他們吧！」小哈說。

「炸你個頭啦！不要炸了！再炸我的頭髮都被燒光啦！」小橘紅抗議。

「不炸要怎麼辦？用炸的最快呀！」看不出來小哈還是個火爆分子。

「你白痴呀！」小橘紅罵道：「用風呀！把它們吹走還是用風刃砍成碎片都可以啦！」

我聽從小橘紅的建議，「想像」出風刃把前方的黑妖精群吹走。

多虧了「貓」的「記憶的絕對真實」，以及小橘紅四處飛躍把敵人打飛，接下來的路程一路順暢。

「汪！快要到了，附近有很多敵人，大家注意！」小哈喊道。

「喵！不用注意也知道有很多敵人呀！」小橘紅右手用球棒敲飛一個黏糊糊不知道什麼東西的怪物，左手弓成利爪將空中的飛蛇撕成碎片。

我和「貓」也沒閒著，一路上放了五、六個風刃掃蕩大範圍的敵人，但越接近鬼打牆迷宮的入口，亂七八糟的妖精越來越多，幸好已接近深夜，園區裡的車不多，而且一般人看不到妖精，開車開著開著也就把壞妖精撞飛了，反倒沒造成什麼損傷。

「喵！前面又有一堆了！好人該輪到你了！」小橘紅大喊。

我聞言，和「貓」合作，又放出一枚火球，眨眼間前面那團亂七八糟不知道是什麼妖精的妖精就被燒成灰燼。

「嗚！」過度使用想像力讓我有些暈炫，「貓」也開始喘著粗氣。

小哈扛著我和「貓」不能做太大的動作，在我和「貓」休息的時候，只能靠小橘紅跳來跳去掃蕩附近的敵人，但敵對妖精的數量實在太多，沒一會小橘紅漸漸顯得力不從心。

「這樣下去不行。」小哈眉頭一皺：「小橘紅，妳變成貓型站在我身上，我來強行突破。」

「有辦法強行突破嗎？」看著前面黑壓壓的一片、活像有什麼東西在蠕動的街道，我對於是否能靠速度直接衝過去感到懷疑。

「打也打不完，只能夠這樣了。」小哈說著就蹲下身開始衝刺，超速的感覺讓我的胃再次翻湧。

「嘔嘔、嘔嘔嘔、嘔嘔嘔嘔！」

「不要吐到我身上！」小橘紅和「貓」齊聲抗議。

「不是我。」不要誤會，這不是我「暈狗」的嘔吐聲，而是前方路面上不知道什麼東西發出的聲音。

「嘔嘔嘔嘔！」

黑暗中有東西在扭動著，像有什麼東西掙扎著想從地底爬出，隨著嘔吐聲越來越大、越來越急促，路面整個爆開，一個長著無數隻手臂的高大怪物破土而出，仰天發出嘔吐聲。

「好人，你恢復了嗎？」小哈緊繃著聲音詢問：「我們可能得打敗它再走。」

這怪物足足有五、六公尺高，更要命的是連接在它身上的手臂幾乎布滿了整個路

面，小哈說得沒錯——硬闖是絕對闖不過去。

「我試試。」說著，我試著想像隨便一個什麼有殺傷力的法術，但我的腦袋一片混沌，想法還沒成型，一種反胃感就湧了上來。

「嘔嗯嗯嗯！」

「不要和敵人共鳴呀你這混帳……嗯嗯嗯！」「貓」一句吐嘈還沒說完，也忍不住發出嘔吐聲，看來我和「貓」都到極限了。

「小橘紅，好人他們交給妳了，我來開一條道路。」小哈將我和「貓」交到小橘紅手中：「我一打敗怪物，妳就馬上帶著他們衝過去，我會馬上跟上。」

我的頭暈得要命，意識矇矓間只覺得這台詞聽起來好熟悉……等等，這不是留下來殿後的角色會說的台詞嗎？每個說要跟上的人到最後都下台領便當啦！

「笨狗，小心點。」小橘紅抱住我和「貓」，跳上電線桿。

「我上了。」小哈甩了甩手臂，本以為他要發出什麼神奇的氣功，但他甩完手臂後便沒有進一步動作，反而開始四處張望，然後走到一個交通號誌前：「用紅綠燈會引起交通混亂，就決定是這個吧。」

說著，小哈單手拔起交通號誌，那輕鬆的姿態活像從自己家的菜園拔起一把蔥，當我正猜測牠到底是想用交通號誌做什麼時，小哈已用標槍的姿勢將交通號誌射了出去！

眨眼間，交通號誌像閃電般刺中怪物的正面，緊接著小哈用不遜於交通號誌的速度奔馳至怪物的下方，五指成爪刺入怪物的軀幹，這一刺小哈的手臂完全沒入怪物的深處，手臂伸出時帶出一團血肉，怪物被這一擊幾乎攔腰截斷，發出一聲嘔吐聲往旁邊倒去。

原來平常常被貓咪欺負的小哈認真起來這麼威風！

「走囉！」小橘紅抓準時機，飛快的跳過一個又一個電線桿。

小哈打倒了怪物，也從後面追了上來，我正高興小哈沒應了那個「說要跟上來的人絕對跟不上」的定律，就見趴在地上的怪物抖了抖想爬起來，小哈回身一踹又把怪物給踹趴下，就在小哈轉身的瞬間，一個由許多手臂連接在一起的鞭狀物從牠身後襲來！

「小哈，小心背後！」

「看我的～」一隻長腿幾乎和聲音同時抵達：「必中的飛踢！」

連接在一起的手臂被這一記飛踢給踹飛出去，被打斷的手臂在地上爬行著想再連接在一起，突然一旁竄出數個咖啡色的影子，用不可思議的速度將地上的手臂打成一個個結。

眾多的咖啡色影子逐漸聚集成一個棕髮男子的身影，另一淡色頭髮的美人跳到他身旁。

「臭妹，你的動作還真慢！」飛踢喵笑道。

「你的飛踢是用飛的，要是比我慢還得了。」臭妹、也就是棕髮男子轉身向我揮了揮手：「好人，你們先過去，附近的怪物先交給我們了！」

接下來的路上都有熟識的貓狗妖精接應，我和「貓」也能藉機休息回復體力，在強大的火力支援下，我們很快就到達了鬼打牆迷宮的入口。

上次來到這裡，只覺得周遭的街景有輕微的扭曲，現在這個扭曲已成了任誰都可以看見的巨大裂縫，就像是描圖紙描好畫後沒有對準一般，可以看見城市重疊的影子，各式各樣的妖精或是像妖精的東西斷斷續續的從裂縫中來到現實世界，幸好大量的貓狗妖精早早聚集在這裡，大多數的壞妖精一離開裂縫就被貓狗妖精擊倒，只有少數能突破防線。

我皺了皺眉頭，依剛剛的情況來看，這次影響的範圍很大，不曉得會有多少人受傷……

「不要擔心，目前狀況還在控制之下。」一位身材高大精壯的年輕人威風凜凜走來：「只要趕緊關上裂縫，就不會造成太大的影響。」

這年輕人頭上尖尖的黑色獸耳看不出是貓耳還是狗耳，毛色是黑色的貓狗妖精還不少，我一時認不出牠是誰：「嗯，你是……？」

「唉呀～小乖你來了呀！」小橘紅熱情的衝向前，把手伸向杜賓狗小乖的胸前，正當我懷疑小橘紅是想對小乖的胸肌行非禮之事時，小乖胸前的口袋動了動，跳出一隻橘色小貓。

「喵！媽咪！我好想妳！」橘喵寶寶從小乖胸前的口袋鑽出來，撲到小橘紅的懷裡：「到處都有壞妖精好可怕喵！」

「寶貝乖，都是狗狗太沒用了，讓寶貝很害怕對不對？都是狗狗沒用，狗狗壞壞！」小橘紅邊哄小孩邊毀謗狗妖精們的名譽。

聽到小橘紅的話，小乖的眉毛抽了抽，最後還是選擇不去反駁橘貓媽媽說的話——我猜是因為就算反駁也沒有用，所以乾脆放棄。

小乖看向我和「貓」：「我就長話短說了，要把裂縫封住，需要用到好人和前後任守門人的力量。」

「前後任守門人，你是指牠和虎胤？虎胤有來嗎？」我問。

「有。」小乖伸手往胸前的口袋掏了掏，把睡到翻過來的虎胤給拎了出來：「我也把虎胤帶來了。」

……你剛剛把虎胤藏在哪裡呀？剛剛你胸前那麼鼓原來不是胸肌而是藏了兩隻小貓嗎？還是你的胸部是哆啦A夢的口袋？

「喂，笨狗，要強制把空間歸位，需要所有貓狗的記憶存量，你們狗妖精願意嗎？」「貓」跳上我的肩膀，試圖由上往下俯視小乖，但因為小乖身高超過一百九十公分，絕非我這個只有一百七的普通人可比擬的，因此「貓」的發言少了一點氣勢。

「國家興亡，匹夫有責，貓狗也有責，狗妖精絕對不會置身事外。」小乖正氣凜然的說道：「不同意的話就打到牠同意！」

小哈用力咳嗽了一聲。「咳，沒有啦！是說服到牠同意嘛！」不要以為打了個岔我就會沒聽到小乖剛剛說的話！

「那貓妖精呢？貓妖精們也同意了嗎？」我問。

「當然。」臭妹一拳打飛飛在半空中的黑妖精。

「事情都變成這樣了，能不同意喵？」飛踢喵給了一旁的觸手怪一記飛踢。

「不要小看我們喵！貓妖精必要時可是很團結的喵！反正也只是提供記憶嘛！睡個幾天就補回來了，再說不是還有好人在嗎？」小橘紅舔了舔嘴角。

「喵！我也要吃好人喵！」橘貓寶寶附和。

咦咦咦？之前「貓」不是說要讓貓狗妖精自願貢獻出「記憶」很困難嗎？怎麼一眨眼大家就完成共識了？

「笨蛋！那是因為之前妖精作亂的情況不嚴重喵！現在狀況這麼糟糕，我們怎麼可能坐視不管喵！」小橘紅讀到我的記憶，不滿的回道。

原來如此，原來這些既任性又自我的貓咪也有憂國憂民、為人著想的一面，原來我之前都誤會牠們了呀！

「再說到處都是壞妖精，根本無法安心午睡，討厭死了喵！」小橘紅撇了撇嘴：「趕快解決這些麻煩，才能繼續吃喝玩樂、奴役主人喵！」

把我的感動還給我！

小乖龐大的身軀站到我和小橘紅中間：「話不多說，我們趕快開始汪！」

「開始什麼？」我愣愣的問。

「開始把裂縫關起來呀！」在場的貓狗異口同聲的說。

「咦、啊、可是……」這一切來得太突然了，我一時之間不知如何回應。把裂縫關起來、避免壞妖精禍害人間我當然沒有意見，但如果把裂縫關起來的話，是不是也代表我原訂的計畫——經由裂縫進入妖精界尋找楠——無法實行？

我看向「貓」，「貓」搖了搖頭，證實了我的想法。

我緊握拳頭。「不能晚一點再關嗎？」

「事不宜遲，再拖下去說不定空間重疊的狀況會變得更嚴重，到時候會發生什麼事誰也不知道。」小乖神色凝重的說。

「這我也知道，可是我……」

「你在猶豫什麼？聽小哈牠們說你人很好，我真是太失……」

「笨狗，你先別激動。」小橘紅推開激動的小乖，真誠的望向我：「好人，你有什麼顧慮就說出來，大家討論看看喵？」

「如果……不從這個裂縫進去，依妖精之門正常的循環，下次能進去妖精界是什麼時候？」我問「貓」。

「貓」猶豫的看了我一眼，不情不願的吐出了答案：「十六年。」

十六年！十六年後我都四十好幾了！如果有結婚的話，小孩搞不好都上高中了！那時就算找到了楠，我要跟她說什麼？告訴她「我過得很幸福」嗎？更大的問題是……那時我還能找到她嗎？

「能。萬物皆會改變，只有記憶永遠不變。」「貓」說：「妖精界的時間是靜止的。只要你去找，就能找到。」

十六年，楊過苦等小龍女十六年，心意絲毫都沒有改變，我有辦法做得到嗎？就算十六年後我想找她的心意絲毫也沒有變，那時的我……還能夠像現在一樣，想出各種不可思議的想像成為妖精的動力來源嗎？

我蹲下來用雙手掩住臉孔，試著想像楠的臉孔。過了幾秒，長髮飄逸的背影才浮了上來，我在想像中向前追去，抓住她小巧而冰冷的手，楠停下腳步，慢慢轉過身來，隨風飄揚的髮絲拂過我的臉，觸感真實到讓我忍不住伸手撥開她的頭髮，然後我為之一愣。

楠的臉孔籠罩在迷霧之中，我看得出那是她的臉，但她的臉孔、她的五官全都像打了柔焦一樣模糊，明明她在笑著，卻像是一張古老的照片一樣。我到底有多久沒看見她了呢？五年、六年？

砰！

地面猛地震動了一下，身旁傳來橘貓寶寶的驚叫聲，還有貓狗妖精的交談聲，一隻手搭到我的肩膀上。

「好人，我不清楚你在煩惱什麼，但還是快點做出決定吧。」小哈垂下了銀色的耳朵，有些沮喪的說：「要不是之前消耗了不少記憶，不然我們也不好意思麻煩你汪。」

「我……」我張開口，說出第一個字，心中有著奇特的解脫感，我已經盡了我的全力，我也沒有逃避，也許……這樣才是最好的結局吧？

「阿哲！」

我一聽是消失許久的定春的聲音，馬上轉身看向聲音出現的方向。

定春不知道從哪邊衝出來，襯衫的釦子扣得歪七扭八，頭髮和尾巴都像被炸過一樣亂七八糟，完全不復平時柔順的模樣。

「小文不見了！」定春說。

「什麼？」我大驚吃色：「她剛剛不是還在家裡嗎？怎麼會不見？」

「你離開沒多久，她接到公司的電話又出門了。」定春說了兩句話就停下來喘氣，顯然剛才做了很劇烈的運動。

「你沒有跟上去嗎？」我說。

「我有跟，可是她騎車騎得太快，我又不能跟得太緊，沒想到她騎過了一個轉角就消失了！」定春著急得眼眶都紅了：「她的因果線飄得亂七八糟，我找了很久都找不到她，而且到處都有妖精作亂，我很擔心她會不會受傷。」

「冷靜點，我們三個一起使用能力，仔細看看小文的因果線通往哪裡好不好？」我抓住定春的手，「貓」也很有默契伸出貓掌搭在我和定春交握的手上：「現在我要想像了，你們注意看！」

可能是因為不久前才看過小文，小文有點不高興的臉很快就浮現在眼前……這麼說來，我還沒搞清楚她在生什麼氣，還有這傢伙可真會找麻煩，怎麼一個沒注意，她就又被捲入危險了……

「看到了。」定春說。

一條微弱的因果線從轉角處橫過眼前，因果線的軌跡十分混亂，活像被貓咪玩壞的毛線球，我瞇起眼睛，試圖理出因果線的脈絡，好不容易找到源頭，因果線卻閃了一下，消失了。

「你停止使用能力了嗎？因果線為什麼消失了？」「貓」說。

「我沒有停止，而且因果線沒完全消失。」定春指向空中。

如定春所言，有一部分因果線還飄浮在空中，只是光線比較微弱，乍看之下讓人以為因果線全消失了。忽然間因果線的光芒恢復成原本的亮度，但因果線其中一部分還是暗淡的幾乎看不見，彷彿被另一個時空吃掉了……

不！不是彷彿！這裡的空間和鬼打牆迷宮的空間重疊，那些暗淡的因果線不是消失，而是被移轉到別的空間，那麼小文她……

「你們說的小文是不是頭髮長長的女生？」躲在角落的白色博美狗出聲問道：「我剛好像有看到一個女生騎進去裂縫，不曉得是不是她？」

「借我看一下記憶！」定春衝向前抓住白博美的頭，然後臉色大變：「真的是小文！阿哲，陪我進裂縫救小文！」

「走！我們去救小文！」我一說完，定春馬上抓住我和「貓」衝向裂縫，不給其他妖精阻止我們的機會。

「不好了！剛剛又有兩個人類衝進裂縫中了！」黑貓大喊：「他們騎車騎太快了，我想阻止也阻止不了！」

「汪！你們還呆站在這邊做什麼？快去救人呀！」正義感十足的小哈馬上跳出來：「有三個人遇難，只有我和好人他們可能人手不夠，還有誰要來？」

「喵，這些沒用的傢伙沒有我果然不行呢！」小橘紅把橘貓寶寶塞回小乖懷中：「我也去吧！好好照顧我的寶寶喔！」

「喵！我們也要去！」臭妹和飛踢同時出聲。

「不用了，只有三個人類闖進裂縫，我們幾個應該就夠了，你們好好守著不要讓人跑進來！」小哈有些為難的望向小乖一眼：「我們會儘快回來，接下來就麻煩你們了。」

「喂！」小乖喊道。

小哈腳下一頓，轉過頭一臉無辜的說：「不要生氣，我們馬上就回來了汪。」

「我給你們一個小時。」小乖抱著虎胤和橘貓寶寶，一臉嚴肅的說：「在這一個小時內，我和新的守門人會想辦法把裂縫縮小，一個小時後，就算你們沒有回來，我也會使出全力把裂縫關上，雖然沒有好人幫忙可能會有點困難，但拚上所有的貓狗妖精的記憶，應該還是能做得到，你們好自為之。」

「好！」小哈一聽小乖願意幫忙，露出了笑容：「我們一定會在一個小時內回來的！」

定春則是沒有說話，看了一眼我手錶上的時間，轉身衝進裂縫。

第三日・深夜・進入鬼打牆迷宮

「如果我被壞人帶到另一個世界去，你會來救我嗎？」

看完某部我不記得名字的電影後，走在散場的人群中，楠這麼問我。

「會吧？沒有不去救的道理呀！」我說。

楠抓住我的手變緊，表情緊繃。「什麼道理？你救我只是因為道理的關係？」

「當然不是，我會救妳是因為我喜歡妳呀！」我看著她緊皺的眉頭，小心翼翼的說：「那只是我說話的習慣，妳不要生氣。」

「那、如果真的有那種時候的話……」楠伸出小指勾住我的手指，輕輕搖晃：「你一定要來救我喔！」

「好。」我說。

穿越裂縫的瞬間，我感到有些暈眩，腦海中浮現了過去和楠相處的記憶。戀愛時的男女總是會問著各式各樣假設性的問題：「你會永遠愛著我嗎？」、「如果我變了個樣子，你還能找出我嗎？」、「如果我像小倩一樣被姥姥抓走了，你會去陰間救我嗎？」、「如果……」

不管問了什麼，戀愛中的人的答案都是肯定的，儘管真的遇到的時候不一定會這麼做，回答的人還是會做出承諾。

但是，為什麼我剛剛無法肯定的說出：「我喜歡的人從這個世界上消失了，唯一能找到她的線索就在妖精界，我要進去裂縫找她，請再等我一下。」明明只要這麼說，說不定就能爭取到時間，為什麼那時的我說不出口？為什麼一聽到小文有危險，我就義無反顧決定進入裂縫呢？

因為只為了自己的願望就延遲關上裂縫的時間太自私了，有人需要救援則另當別論。我這麼安慰自己。

然而內心深處卻有一個聲音冷冷的說：沒有為什麼，因為那些承諾還有心情，都已經是很久以前的事了呀！

「前面有東西。」小哈的聲音打斷了我的思緒，定春抓住我的手一緊，進入了警戒的狀態。

我四處張望，進入裂縫後周圍的景象並沒有太大的改變。如「貓」所說，鬼打牆迷宮是園區人們的記憶集合在一起產生的空間，迷宮中的景象也宛如園區的影子一般，除了些微的壓迫感以外，倒和園區裡沒什麼兩樣。

「笨狗，你沒看錯吧？我沒看到什麼東西呀！」小橘紅說。

「我聞到了。」小哈驕傲的指了指自己的鼻子，看來狗的嗅覺還是比貓好了一點：「就在前面不遠處。」

定春動了動耳朵。「我聽到聲音了。」

「笨狗，我們上！」小橘紅一說完，便有如閃電一般跳出，轉眼間已不見貓影。小哈腳下一蹬也馬上消失了，定春扛著我和「貓」的速度慢了一點，到達現場時，已看見一隻被打倒在地的眼球怪，還有兩個暈倒在地的人類，看來應該就是黑貓說的飆車飆太快害牠追不上的上班族。

果然飆車不好，飆車是不對的，不只容易造成自己和他人的危險，還容易不小心闖

進妖精界，慎之、慎之！

「他們沒事吧？」我說。

「沒事，他們兩個一看到我就貓耳御姐、貓耳波霸的亂叫，我被吵得頭痛就把他們打暈了。」小橘紅一臉不耐煩的說：「笨狗，他們這麼大隻，你一個人扛得動兩個嗎？」

聞言我和小哈看向倒在地上的人類，兩個人不只長度很夠、寬度也很夠，目測起來重量也不輕，就算小哈力大無窮，扛起來恐怕也有點吃力。

「我試試看。」小哈面有難色的單手扛起其中一人，再用另一手扛起第二人。扛是扛起來了，小哈卻被壓得直不起腰，走了兩步路就顯得有些搖搖欲墜。

「還是我來吧。」小橘紅含淚做出顧全大局的決定，決定和小哈一起扛下「重任」。「幸好他們沒跑到太裡面的地方，不然我可能扛到一半腰就折斷了喵。」

「那我和小橘紅先把他們送回去了，你們要小心，我會為你們祈福汪！」

「喂，好人，你可別死了呀喵！」

小哈和小橘紅各自做出符合牠們風格的道別，扛起兩名誤闖迷宮的路人離去。

牠們一離開，定春一言不發的扛起我和「貓」狂奔。

通向小文的因果線進入裂縫後變得更加清楚，線條也不再紊亂，看來她真的進了鬼打牆迷宮。

在想著小文的同時，我試著想像楠的臉孔、想像我想回去的地方，過了一會兒空中浮現了第二條因果線，比小文那條因果線暗了一點、顏色也比較陳舊，但線條還是十分清楚，兩條因果線通往相同的方向。

如果時間來得及的話，陪著定春救回小文後，我再和「貓」一起去找楠。

「我們現在離小文還很遠嗎？」我問。

「還有一段距離，我一直聞到她的味道，但她的位置好像一直在改變。」定春的聲音十分緊繃。

「你是指……她在移動？」

定春點頭：「而且速度不慢。」

「你是指她可能還在飆車？」說到飆車，我就想起克拉拉誤闖迷宮時好像也撞飛一兩個妖精，現在的女人也太強悍了吧！「等等、說到機車，剛剛好像沒看到那兩個人的機車呀？」

「那兩個人可能中途有下車。」「貓」出聲解釋道：「因為空間不穩定，機車這種沒有生命、又不是這空間原有的東西，離開使用者一段時間，就有可能會被迷宮這個空間『排出』，之後那兩個人可能會在園區某個奇怪的地方找回他們的機車吧！」

「等等，小文好像就在這附近……嗚！」

地底冒出一隻巨大的觸手纏住定春的腳，定春還來不及反抗，就被觸手抓起來甩向空中，定春怎麼掙扎也甩不掉觸手的箝制。

「風刃呀！把觸手截斷！」我趕快想像風刃，「貓」也很有默契的捕捉了我的想法，空中出現半圓型的風刃斬向觸手——

可是，沒有截斷！觸手太粗了！我再想像了一次，這次想像的風刃更大更利，在「貓」把我的「想像」取走的同時，我感到一陣虛脫，所幸這次的想像得比較具體。風刃切過觸手的瞬間，觸手應聲而斷。

被截斷的觸手仍緊抓著定春的腳不放，我趕緊幫定春拉開觸手。

幸好這東西掙扎了一陣子就沒了力氣，砍斷以後也沒再冒出來，我們只被耽擱了幾分鐘，便再次往前出發，但定春的速度明顯的慢了下來。

「你受傷了？」

定春皺著眉頭點頭，似乎是連說話的力氣都不想浪費，一心一意往主人的方向狂奔。

「等等，你先停下來，我來治療你的腳。」「貓」說。

見定春仍不願停下腳步，我忍不住勸道：「先治療一下吧！如果等一下有什麼危險狀況的話，你的腳這樣也沒辦法反應呀！」

定春這才停下腳步讓我們治療，治好定春扭傷的腳對「貓」的能力來說，不是什麼難事，而當我們再次出發時，我聽見了某種熟悉的聲響。

這是……海浪的聲音？

奇怪了，園區又不靠海，怎麼會有這種聲音？還有，空氣中有著淡淡的鹹味，這分明是海浪的味道……

「這裡已經很接近妖精界了。」「貓」說。

「你是指……這裡離我們的目的地不遠了嗎？」

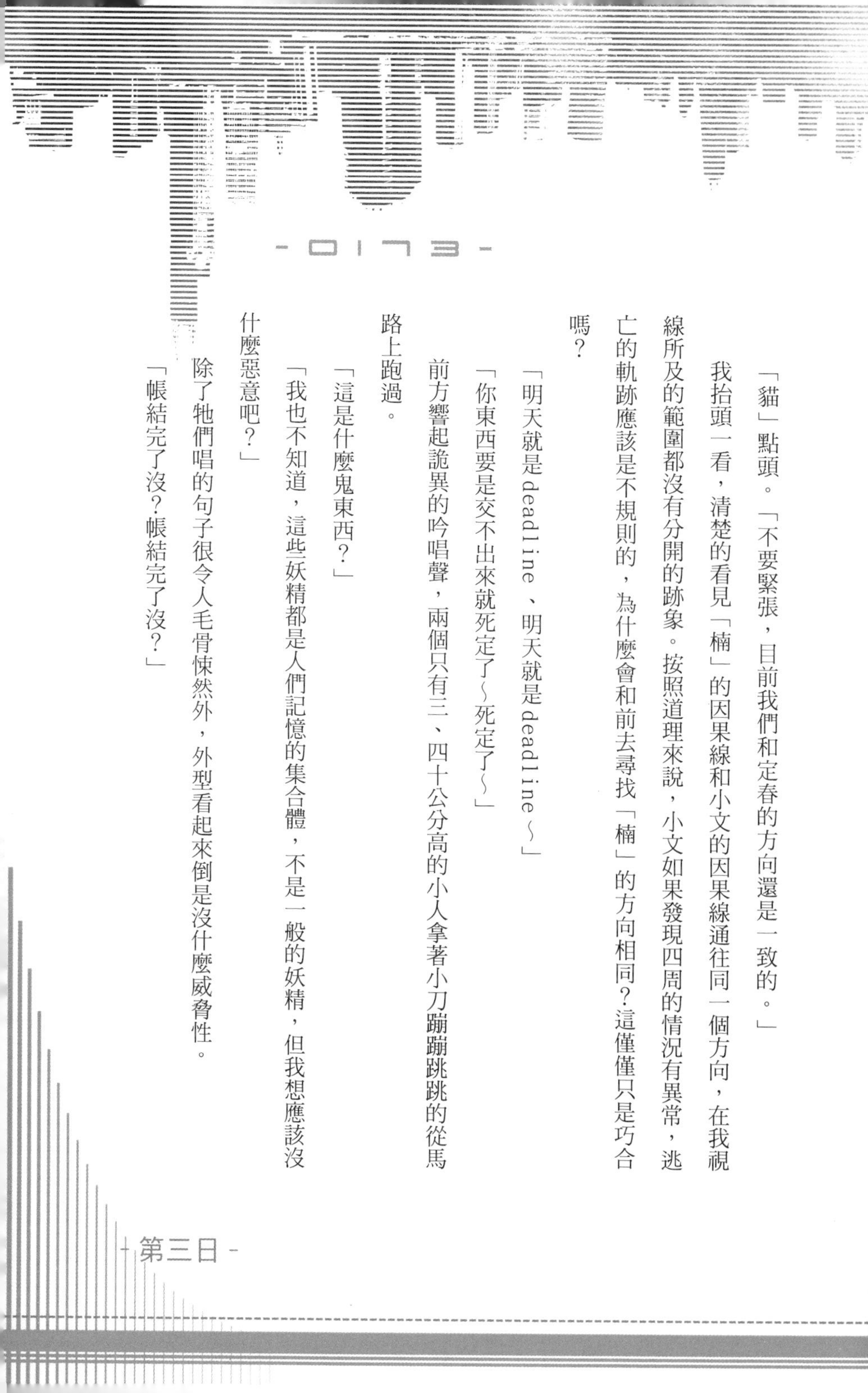

「貓」點頭。「不要緊張，目前我們和定春的方向還是一致的。」

我抬頭一看，清楚的看見「楠」的因果線和小文的因果線通往同一個方向，在我視線所及的範圍都沒有分開的跡象。按照道理來說，小文如果發現四周的情況有異常，逃亡的軌跡應該是不規則的，為什麼會和前去尋找「楠」的方向相同？這僅僅只是巧合嗎？

「明天就是deadline、明天就是deadline～」

「你東西要是交不出來就死定了～死定了～」

前方響起詭異的吟唱聲，兩個只有三、四十公分高的小人拿著小刀蹦蹦跳跳的從馬路上跑過。

「這是什麼鬼東西？」

「我也不知道，這些妖精都是人們記憶的集合體，不是一般的妖精，但我想應該沒什麼惡意吧？」

除了牠們唱的句子很令人毛骨悚然外，外型看起來倒是沒什麼威脅性。

「帳結完了沒？帳結完了沒？」

「會計師明天就要來囉！他們這次只來查三天！」

「明天就要去國外送樣了、BUG解出來了沒？解出來了沒？」

「你出的這個包害我們少了2KK的銷售量，你負擔得起嗎？負擔得起嗎？」

詭異的小人們成群結隊的從定春的腳邊跑過，一發現我們的存在，口裡嚷著「人類好可怕、人類好可怕」就往另一個方向逃竄。其中有些小人鼻青臉腫，有幾個臉還歪了一邊，簡直像被什麼重物給痛毆過一樣。

「這是怎樣？」我一頭霧水。

「反正不要找我們就好了。」「貓」看了看我的手錶：「只剩下半小時了，要趕快找到小文，不然我怕你沒多少敘舊的時間，畢竟只有一小時，你還要趕回去……你笑什麼？」

「沒有啦！進來迷宮後你就不怎麼說話，看你終於恢復精神了很高興呀。」

「我一直都很有精神好嗎！」「貓」用肉球拍了我的臉兩下：「我也不知道剛剛是怎麼了，一進來迷宮就覺得不太舒服。」

記得上回誤闖鬼打牆迷宮時，「貓」好像也不怎麼說話。

「現在有好一點了嗎?」

「稍微好一點了,但還是覺得很虛弱,而且腦中一直有一些奇怪的影像浮現。」

「貓」緊皺著眉頭,看起來真的很不舒服的樣子。

「什麼影像?」

「喝啊啊啊啊!」

憑空傳來一聲嬌喝——這娃娃音、這語氣,不就是小文嗎?

定春一聽到聲音,便激動的用三倍的速度往前衝,我被這超出平常水準的速度給顛得七葷八素,直到定春把我和「貓」放下來,我才看清眼前的景象,這一看差點嚇得連下巴也掉下來。

穿著T恤和牛仔褲的長髮女性左手緊握大鎖、右手揮舞全罩式安全帽,左右開弓,將圍繞在周圍的十來個小人打得哀哀叫。

「煩死了!給老娘滾開!去死吧吧吧!」

小文邊狂毆猛揍邊大喝,看來她比我們想像中的有精神。

「不要打我、不要打我、deadline給妳延一天!」

「我不退妳件了！放過我吧！」

小人們紛紛求饒，但牠們很顯然搞錯了重點，仍纏住小文不放。

這時定春帥氣的從天而降，左一個迴旋踢、右一個上勾拳，三兩下就將附近的小人打飛。

「嗚嗚、貓咪打人、貓咪打人！」

「貓咪壞壞！貓咪壞壞！」

小人挨打後躲在遠處哭鬧不休，定春杏眼一瞪，伸出貓爪擋在小文身前，表現出完全不像平常懶散模樣的威嚴：「不准哭！你們給我滾！滾得越遠越好！」

定春小宇宙爆發的霸氣讓小人們四散而去。

小文先前驚嚇過度，看到小人離去仍不肯鬆懈，舉起大鎖顫抖著聲音說：「你是誰？你想做什麼？」

「我……是來幫助妳的人。」定春露出小文失蹤後第一個笑容：「沒事了，我帶妳回去。」

「啊、你頭上有耳朵。」小文驚訝的望著定春的耳朵，定春被看得有些難為情，反射性的動了動耳朵，此舉更引來小文的驚呼：「你的耳朵會動！那是真的嗎？」

定春沒有回話，有些彆扭的將頭轉向一邊，耳朵也往同樣的方向歪去。

「別、別管這麼多，我們先回去吧。」

「你……」小文下了機車，從頭到尾把定春看個仔細：「白耳朵、白貓尾，還有金眼睛，你該不會是定春吧？」

「我……」定春往我和「貓」的方向使了個眼色。

我走出陰暗處，向小文揮了揮手：「小文，妳沒事吧？」

「阿哲？你怎麼會在這裡？」小文看到我十分驚訝，很可惜的是沒驚訝到忘了身旁有個貓耳美少年的程度，小文和我打完招呼後馬上轉頭看向定春：「你是定春吧？果然，一說到你不想聽的話耳朵就往後轉，你騙得了別人是騙不了主人我的，你就算不承認，我也會認定你是定春，不要再反抗了。」

說完，小文還毫不客氣的伸手揉了揉定春的耳朵。

嗯，我開始理解定春不想讓小文知道自己能變身的原因了，還有小文也太快接受定春能變身的這件事吧！普通人應該會震驚一下吧！

「咳、其他的之後再說，我先帶妳回去吧。」定春努力忍耐小文的騷擾——現在她的魔手轉而伸向牠的尾巴：「阿哲，我先帶小文回去，你們……還要繼續往前進吧？」

我看了看手錶，已經過了三十五分鐘。「還有一點時間，我想試試看。」

定春的金眸閃過一絲水光，小巧的嘴巴動了動，我的心中響起一道聲音。

「對不起，其實我也很喜歡你，但我一定要先帶小文回去。」

這些話的確不能讓小文聽見，我用記憶回答牠：「沒關係，你趕快帶她回去吧！我一定會趕回去的。」

「不准跟我的定春眉來眼去！」小文不高興的站到我和定春中間：「阿哲，你為什麼不和我們一起回去？」

「呃、就是有事。」我一時間不知道該怎麼跟小文解釋，一個不小心就講了一個最爛的答案。果不其然，小文一聽就柳眉倒豎，一副要追問到底的模樣，我向站在小文身後的定春使了個眼色，要牠直接把小文打包帶走，定春會意的點點頭，將手放在小文的肩膀上。

「啊哈哈、定春你抓我的腰做什麼?好癢、哈哈!」小文忽然發出不合時宜的笑聲。

定春是把手放在妳的肩膀上,又不是放妳的腰上,妳笑什麼呀……不對!

有一雙手搭在小文的腰上,那雙手很白,白到像是許久不見天日,手腕很細,細到我用姆指和食指能輕易圈住,毫無疑問,那是一雙女性的手。

小文的身後明明空無一物,那雙手從什麼都沒有的地方出現,緩緩環住小文的腰,緊接著出現的是肩膀、然後是垂下來的長髮,站在小文身側的定春仍一無所覺,不明白小文為什麼笑著,等到牠終於意識到異變時,已經太晚了,手的主人已完全探出縫隙,露出一張對我而言無比熟悉的笑臉。

「抓.到.囉!」

和楠有著相同臉孔的少女抱住小文的腰往後拖。

「小文!」定春撲身向前,抓住小文的指尖,這時小文的身體已被拖入空間的裂縫之中,看起來竟像是身體消失了一樣,那雙手更是和出現時一樣的突然,轉眼間即和小文一起消失在裂縫之後。

定春愣愣的看著空無一物的右手，發出悲慟的慘叫：「啊啊啊啊啊啊啊啊！」

「貓」躍出我的懷抱，跳到定春身上，不知道用了什麼方法把定春變回了貓型。

「嗚喵喵喵。」定春變成波斯貓的模樣後，還是用我從沒聽過的悲慘貓叫聲哭個不停。

「不要哭！笨蛋！現在重要的是把你主人找回來！」「貓」毫不客氣的打了定春一掌：「喂！阿哲，接下來要靠你了！」

「好！」我迅速收起定春散落滿地的衣物，抱起嗚嗚哭泣的白色波斯貓：「接下來要往哪邊走？」

「貓」跳到我肩上。「你看小文的因果線飄到半空中就不見了，那裡應該有個通往妖精界的通道，左邊一點，再往右一步，對，就是這裡。」

我依著「貓」的指示往因果線消失的地方摸去，我的手順利的伸進去，不過這裡本來就沒什麼東西，能夠把手伸進去不意外，倒是手一伸入「貓」所言的通道處就消失了，讓我嚇了一跳。

「啊！」我反射性的把手抽回。

「貓」巴了我的手一下。「再試一次！不快點通道說不定就消失了！」

「是。」我不敢問如果還沒完全通過通道、通道就消失了會怎麼樣，情況緊急，現在也只能依「貓」的指示行動。

我把雙手伸入通道，往兩邊推時摸到了某種類似膠質的硬物，我猜那是通道的界線，我摸了一圈後確定通道足以讓我通過，猛吸了一口氣便鑽進通道，從通道往外看去世界彷彿蒙上了一層水霧，我高舉雙手往上探去，沒摸到任何東西，恐怕要跳上去後才能知道上面是什麼，我垂首等待指揮官的指示：「接下來該怎麼辦？」

「跳上去。」「貓」斬釘截鐵的說。

「啥？」通道的入口大約在離地一公尺多的地方，只有剛開始進去的地方是斜的，再往裡面一點通道就是直線向上的，至少在視線所及之處看不到盡頭，我又不是貓咪，哪來這麼強的跳躍力？

「又不是叫你直接跳，給我用想像的！」「貓」說。

我再次往上看去。通道內水簾般的景象一直延伸到視線的盡頭，這、這到底是有多高呀？而且中途除了周圍一圈像水簾一樣的牆外，沒有任何落腳點。

「快點！」

我捕捉到腦內第一個想法，高聲喊道：「雲梯縱！」

武俠小說中的大俠想跳到高處時，都會氣沉丹田，提氣一躍就躍出數尺，接下來大俠在空中以左腳點右腳背，身體便能凌空上升，待躍勢老去，右腳再一點左腳背，身體能繼續上升，如此往復，便能在空中自由騰躍！

專心想像的同時我用力蹬了一下地板跳了起來，卻只跳起了數十公分，我費力的移動左腳去踩右腳背，還沒踩到身體又墜回到地面，站在肩上的「貓」嘖了一聲站了起來，看來「貓」想親自出馬，這時懷裡的定春突然爬起來攀住我的肩膀，毛茸茸的貓嘴印上我的嘴唇。

「嗚嗚、嗚嗚嗚！定春你……」

我的記憶，又被奪走了。

熟悉的暈眩感讓我搖晃了一下，變回人型的定春像炫風一樣將我攔腰抱起——最神奇的是牠已經換穿好了衣服——腳尖輕輕一踏便跳入了空中，緊接著定春一如我想像一般，左腳點右腳背、右腳點左腳背，反覆數次，有如踩著雲朵形成的梯子一般自由遨翔！

「好帥……」我忍不住讚嘆。

「我也可以做到呀。」「貓」不甘寂寞的插嘴：「我怕一咬起你下巴就會脫臼。」

「是是是、要是變成人型就可以抱著我跳上去是吧？」雖然貓妖精沒狗妖精的力氣大，但定春和小橘紅變成人型時都可以抱著我跳來跳去，「貓」的體型和牠們貓型時差不了多少，變成人型的力氣恐怕也沒差到哪裡去：「就是不知道為什麼有某隻笨貓都不變身……」

一想到「貓」變成人型的樣子，我猛地住口。這時定春身型一頓，伸長了手勾住旁邊的牆壁，翻身跳出了通道。

第三日．深夜（？）．時間停止的妖精界與記憶中的少女

在通道的外側，是無邊無際的天空——正確來說，這片天空並非沒有邊界，但和到處都是高樓、天空被割得七零八落的園區相比之下，這個僅僅在邊緣被堤岸、矮丘以及遠處的校舍遮蔽的天空已經太廣大了。

距離第一次看到這片海洋已經超過十年了，直到今日，我還能清楚記得這片海洋，不，我到死都不會忘記這片風景。天上一朵雲也沒有，天空和海洋連成一片，觸眼所及全都是無法形容的純粹藍色，唯有陽光灑落的金光隨著波浪起伏。在毫無預警的情況下，海潮的氣味充斥鼻腔，無比懷念的氣味讓我幾乎落下淚來。

在模糊的視線之中，和楠有著一模一樣臉孔的少女迎著風，向我走來。

「把小文還給我！」一看到躺在堤岸上動也不動的小文，定春有如閃電般的速度向「楠」撲去，力求一擊打倒敵人，馬上將小文帶離此處。

面對定春的利爪，「楠」微微一笑，踏著輕盈的步伐側身躲過這一擊，定春攻勢落空，也不窮追猛打，雙手往地上一撐，翻身往小文所在的地方跳去！

此時「楠」距離小文還有七、八步的距離，想阻止定春救小文肯定是來不及了，貓妖精的速度絕非普通人比得上的——當然，這是指對方是普通人的話。

這次我連「楠」是怎麼動作的都沒看見，我回過神時，她已抓住定春的腳踝，定春

的手僅僅擦過小文的臉頰，就被「楠」給硬生生的摔了出去！

「可惡！」定春在空中迅速翻身，用力一蹬路燈，身體便宛如砲彈一般射向「楠」！

我在口袋裡翻了半天，連之前小文給我的木天蓼粉包都翻了出來，終於在口袋深處找到定春事先給我的毛髮，我握住白色的貓毛眼睛一瞇，先是看見定春的因果線順著牠的移動方向筆直向前，到了一半卻來個急轉彎指向地板，然後我看見了有條因果線指向定春的背後。

「小心背後！」我出聲警告。

幾乎在我出聲的同時，「楠」跳到定春的上方，手刀往定春的後頸劈落，移動中的定春聽見我的警告時已來不及閃躲，只來得及在半空中翻轉身體，卻還是被「楠」劈個正著，倒臥在地。這就是因果線轉向地板的原因。

打倒定春後，「楠」揉了揉手腕——大概是剛才打人害她的手痛了，用穿著平底鞋的腳尖踢了踢定春，見定春沒有回應，才轉頭看向我。

儘管明知她不是楠，我還是被這無意間的一瞥給看得心頭一震。

「阿哲。」「楠」將長髮塞到耳後，這是楠常有的小動作：「你找了我這麼久，看到我反而沒有話說嗎？」

「有，但我想找的不是妳。」眼角瞥見定春的耳朵在動，看來牠沒有昏倒，所以牠現在是在等待進攻的時機？我強壓下心頭的悸動回答道：「妳知道真正的楠在哪裡嗎？」

「你怎麼知道我不是真正的楠？」「楠」歪著頭，將手放在頰畔，這是她感到疑惑時習慣性的動作，但我是不會輕易被迷惑的。

至少在看過她痛打定春的畫面後不可能被迷惑，真正的楠哪來那麼好的身手啊！現在我臉紅心跳歸臉紅心跳，我很怕她隨時撲上來打我一頓呀！

「喂、該輪到你行動了。」我怕太大的動作會讓「楠」發現定春其實沒有昏迷，我用心靈向「貓」喊話。無奈「貓」沒有回答，只有抓在肩上的貓爪抓得越來越緊。

「怎麼會知道妳不是真的？」我邊說邊注意到定春悄悄的換了個姿勢，連忙大聲說話引起她的注意：「哈，聽妳這麼問，就知道妳不是真的！是真的話誰會這樣問呀！如果真的是她的話，被這麼問絕對會跳起來發一頓脾氣，哪可能像妳這樣好聲好氣問我為

什麼。」

「我就是好奇你是怎麼發現的。」「楠」被搶白了一頓也沒有生氣，一雙眼睛一眨一眨充滿好奇的望著我：「反正事到如今，再騙你也沒意思了。」

「什麼意思？」瞬間我感覺到青蛙被蛇盯住的危機感，忍不住退後了兩步。

「楠」用手指捲著頭髮玩，一臉無辜的向我走來：「反正我的目的已經達成了，你怎麼想都無所謂了。」

「什麼目的？」

「楠」捧住我的臉，掌心的溫度高到讓我顫抖了一下：「因為你已經回不去了。」我的腦中頓時出現隋棠閃爍著淚光說「瑞凡，我回不去了」的臉孔，然後才意識到能待在妖精界的時間所剩不多。說不定，這就是她的目的？拖延時間不讓我回去？

「妳的目的到底是什麼？妳為什麼不想讓我回去？」我揮開她的手，她捧著被揮開的手，看起來十分傷心。

「為什麼？這不是你的願望嗎？」她的聲音有些哽咽，就算明知道眼前的人不是楠，但她顫抖著聲音快要哭出來的樣子還是讓我心痛：「當初不就是你……」

「楠」身後的定春動了，我配合著衝上前抓住「楠」的手，在她耳邊大喊：「妳說什麼我聽不懂！」

她瞪大了眼睛，不懂我在做什麼，這時定春的腳踢中她的背。我預期這一擊應該會讓她往我的懷中倒來，我使出全力握住她的手，她的手卻像泥鰍一樣從我手中滑出，腰也以不可思議的角度往後一折，定春的這一腳只擦過她的腰。

眨眼間她的身體像沒有骨頭一般形成ㄇ字型，雙手撐地，兩腳踹向定春的下巴，定春喵了一聲側身躲了過去，這一躲已失了先機，「楠」像彈簧一樣從地上彈起，和定春打成一團。

我緊握定春的毛，試圖從糾纏在一起的因果線中看出可趁之機，但不要說因果線了，這次打鬥我連牠們的動作都看不清楚——牠們的動作實在是太快了，憑我貧弱的動態視力根本看不清楚牠們的動作。

「喂、你不要不說話，你也想想辦法呀！」我推了推站在我肩上的「貓」，一摸之下大吃一驚，「貓」的身體一陣冰冷，我轉頭一看，就見「貓」的臉色發白，白到一種接近於透明的程度……不對，是牠真的變透明了！

我用力搖晃「貓」，我還摸得到牠，但觸感已不再那麼真實。

「貓」遲鈍的回頭看我，露出和以往一樣不屑的表情：「你幹什麼？想把我搖暈嗎？」牠的聲音明明就在耳邊，聽起來卻像從很遠很遠的地方傳來。

「喂，你知道這裡是哪裡嗎？」我問。

「你說什麼？這裡不就是……」「貓」往旁邊一看，然後頓住：「這裡是哪裡？」

如我所料的，「貓」根本沒有剛才發生的事的記憶，但現在不是計較這隻失憶慣犯為什麼會失憶的時候了。「現在沒時間解釋了，我們先想辦法打倒前面那個女孩子，你可以配合我嗎？」

「貓」遲鈍的點頭，牠的樣子變得更透明了。「來吧！要把她碎屍萬段嗎？」

「這就不用了，就算有辦法也會牽連到定春。你到底怎麼了？」

「我不知道，我好像想起了一些事，她、那個長得很像楠的人，不對，她不是……」

砰！

定春和「楠」的決鬥已分出了勝負，定春被正中下巴的一拳打倒在地，「楠」面無表情的甩了甩有些紅腫的拳頭，一步一步走向定春，欲施以最後一擊。

「住手！」回過神來，我已衝向前抱住「楠」的腰：「妳想找的是我，放過定春和小文吧！牠只是想救牠主人而已。」

「楠」挑起眉毛。「沒想到你會說出這麼沒志氣的話。」

「我也沒想到。」雖然我不覺得自己是多麼有志氣的人，也不曾想像過我會變成勇者拯救世界，但我怎麼也沒想到我會說出這麼沒志氣的話。「不過人都是會變的。」

「沒錯，人都是會變的，只有記憶永遠不會改變。」「楠」露出懷念的表情，用吟誦詩句的語氣說道：「而這裡是妖精界，過往今來、無論生者死者，這世界上所有存在過的記憶都存在於這裡，這裡就是——『永遠』。」

從我的角度看不到定春，不知道牠醒來了沒有；「貓」被我剛才那個衝刺甩到地上，到了現在都沒再爬起來，我希望牠沒事，趕快恢復成平常的樣子，但我也只能希望而已。在定春和「貓」都無法行動的情況下，我所能做的也只有拖延時間，而我們最缺乏的就是時間，距離約定的一個小時只剩下不到十五分鐘。

「妳胡說些什麼？」我說。

「我沒有胡說，我說的是真的。這裡是妖精界，就連時間也無法干涉的地方，同時也是永遠不變的場所。」「楠」嘆了口氣：「看來你還是不懂，不過沒關係，我可以慢慢說給你聽。那邊那隻白色波斯貓已經醒了吧？貓妖精都很耐打的，不要再裝死了。」

「放過定春吧！」我死死抱住她，卻感覺她的身體像水一樣，隨時可能從我手中溜走。

「楠」摸了摸我的頭。「乖，牠只要不再干擾我，就可以帶牠的主人走，反正我的目的已經達到了，牠的主人只是把你引誘到這裡的誘餌。」

「妳的目的到底是什麼？」

「完成你的願望呀。」

「什麼願望？」

「你忘了嗎？」「楠」輕輕扭身便從我的手臂中掙脫，然後踮起腳尖親了我的臉頰：「想起來了嗎？」

蔚藍的天空下，少女的馬尾隨風晃動，太陽很大，她的耳朵被曬得紅通通的，堤岸旁的柏油路被曬得冒出蒸氣，整片閃耀著陽光的海洋就在她身後——這一切都是如此的熟悉，熟悉到讓我幾乎以為回到了過去。

「我……」我受到蠱惑似的說出了許久以前曾經說過的話：「我們永遠在一起好不好？」話一說出口，淚水就奪眶而出。「妳說的是這個願望吧？妳想幫她完成嗎？但這個願望不是她的話誰都完成不了的！她想完成我的願望的話，她為什麼不自己來見我？」

「她不能見你。」「楠」面無表情的說：「現在，她也已經沒辦法來見你了。」

「已經？她怎麼了？她到底發生了什麼事？」我激動的搖晃她的肩膀。

「你的內心深處早就知道答案了吧？」「楠」推開我的手，捧住我的臉：「不過不要傷心，我現在就送你去陪她。」

「楠」的手往下滑，捏住我的脖子。

「這樣，你就能和她永遠在一起了。」

「不……」

我想推開她，在那同時，「楠」用無法掙脫的力量掐住我的脖子。

嗚、不能呼吸了。好痛苦。我不會就這麼死了吧？記得以前，好像夢到過楠變成魔王想要毀滅世界的夢，記得那時楠也是哭著掐住我的頸子，目前就只差楠沒穿著女王的緊身衣了，真不知道該說遺憾還是……不對，我現在該想的不是這個，而是該想辦法怎麼脫身吧！我還不想死呀！

「不要怕，我會很快。」「楠」在我耳邊輕輕的說。

「快妳老木！」銀灰色的毛球從天而降，準確的砸到了「楠」的臉上：「快點放開他！」

「貓」在言語中使用了能力，「楠」一聽到這聲大喝就鬆了手，我一從「楠」的掌中掙脫，一陣強風吹來，竟把我吹到定春身旁，見定春竟然已經因為消耗了太多記憶恢復成貓型，趕忙彎下腰替定春補充記憶。

「定春！你醒了嗎？身體還好嗎？那隻笨貓在戰鬥，你沒事的話快點去幫牠，等一下我們一起回去。」我興奮的說。

「定春！快點把你的主人和那個笨蛋帶走！」「貓」命令道。

「不！我們一起回去吧！」我轉身反駁，卻看到有一團灰灰的東西被砸到我面前，我仔細一看，才發現那是近乎透明的「貓」。

「牠不可能和你一起回去。」「楠」拍了拍手，她的臉上有數道爪痕，有些已經被抓得出血，看來是「貓」的傑作。

「嚴格來說，你心中的『貓』本來就是不存在的。牠一來到這裡，身體就開始消失了，因為牠想起了牠誕生的目的，當牠把你帶來這裡，牠的任務就結束了，也沒有存在的意義了。上次你進到妖精界的時候，我就想帶你來這裡，但那時干擾者太多了，不得不放你走。」「楠」向我張開雙臂：「來吧！我帶你去見她，她已經等太久了。」

「住口！就算我忘了很多事，這也不可能是她真正的願望！」「貓」虛弱的說：「什麼殺了他就能永遠在一起？她那麼善良，怎麼可能會許這種像被拋棄的女鬼才會許的願望？」

「你想消失得更快嗎？」「楠」舉起手。

「等等！我留下來，不要傷害牠。」我回頭看了定春一眼，彎身抱起「貓」。牠變得更輕了，也比之前更透明了，現在我已經能透過牠的身體看到我的手掌。我脫下襯衫，將牠裹起來，單手抱著牠，往「楠」的方向走去：「在妳……帶我去見她之前，妳可以告訴我楠到底發生什麼事嗎?」

「楠」的眼睛中閃過水光。「她死了。」

我緊緊閉起眼睛。「果然和我想的一樣。」

我掏出口袋裡的木天蓼粉末,灑到「楠」的臉上。

「聽說貓咪都很喜歡木天蓼……『小翼』,妳也喜歡木天蓼嗎?」

木天蓼可是傳說中的壞貓剋星,沒有貓咪能抵擋得住木天蓼的誘惑,可以說是貓見貓倒、貓聞貓翻肚,沒有一隻貓聞到木天蓼還能夠冷靜以對,一聞必會興奮得像喝醉了一樣滿地打滾——就是不知道,這招對貓妖精有沒有效。

「咦咦?」「楠」一愣,捏住鼻子想後退,但只退了兩步,就跪倒在地。「嗚、喵、我才不會被這種東西打敗、喵嗚……」

「楠」變得滿臉通紅、呼吸急促、眼神迷離,到最後連跪的力氣都沒有了,整個人癱倒在地:「嗚、卑鄙……太卑鄙了,怎麼可以打不贏就、就、拿這種東西出來……可惡、好舒服。」

我居高臨下俯視她。「人類正因為懂得使用道具,才能成為萬物之靈!」

「可、可惡，太大意……」「楠」倒在地上磨來蹭去：「呼啊、好喜歡這個味道……給我更多一點。」

「如妳所願。」我撕開一包木天蓼粉末，往「楠」臉上灑去。

「不、不要、哈、哈、哈啾！」「楠」打了個噴涕，這次她連人型都維持不住了，化身為貓型滿地摩蹭，嘴裡還不斷發出呼嚕呼嚕的聲音。

果然，「楠」的貓型如我所料……和「貓」一模一樣。

「我也是剛剛才想起來牠就是小翼，你是怎麼發現的？」「貓」從我的襯衫鑽出來，牠越來越透明了。

「我之前就有懷疑了。通道那麼高，不要說是人了，一般的貓妖精可能都跳不上去，而且牠剛才戰鬥的樣子也和貓妖精很像。有了懷疑之後，就是很簡單的推理。我很確定牠不是楠，那麼誰長得像楠，又不是楠呢？那也只有變成人型時和楠一模一樣的你符合這個情況。唯一的差別是……牠人型時頭上沒有貓耳。」

我習慣性揉了揉「貓」的耳朵，卻只摸到一團空氣，我忍住淚水繼續說道：「不

過，我想對於能將記憶化作真實的你而言，這也不是什麼問題吧？」

「對，這不是什麼問題。」

「我給你一些記憶，你也能馬上恢復平常的樣子吧？」

「不行，我是依著小翼的願望誕生的，願望達成了，我就會消失。喂！你已經是大人了，不要露出這麼沒用的表情！」「貓」和平常一樣舉起爪子抓我，但一點都沒有平常的氣魄，反而像是被什麼絨毛玩具擦過一樣：「你的鼻涕滴到我身上了！你走開！你有話想問牠吧？你不是很想知道楠發生了什麼事嗎？」

「可是……」

「沒有可是，你冒著生命危險也想知道的答案，就在眼前！快點去問，然後快點回到現實世界去吧！」

「可是，已經快要沒時間了……」我看了看手錶，時間只剩下五分鐘。

「這裡的時間是停止流動的，所以時間還很充裕，你不要再找藉口了！快去問個清楚！」「貓」命令道。

「沒錯，趕快結束這一切，我們一起回去。」定春說。小翼一倒下，定春沒馬上帶著小文回去，而是守在小翼身旁，防止牠再起身攻擊。

「好。」我抹了抹眼睛，看向倒在地上的小翼。「大部分的事我都猜到了，我先說我的猜測，妳聽聽看，有錯的話打斷我，好嗎？」

可能是木天蓼的效用隨著時間而減少了不少，小翼不再滿地打滾，但還是沒有站起來的力氣，也不時會發出代表舒服的呼嚕聲。

「妳就是我和楠初見面時，在女生宿舍的那隻虎斑貓，楠幫妳取名叫小翼，對不對？」

楠的全名是林羽楠，我覺得羽楠唸起來很好聽，她卻不喜歡人家叫她羽楠，因為羽這個字只能隨翅膀揮舞或隨風飄零，不能控制自己的方向。「翼」字本身就是翅膀，可以自己決定要飛到什麼地方。所以，楠才會想幫「貓」取名叫小翼吧……

「海叔看到楠的未來，把未來會發生的事告訴妳，妳和楠感情很好，不希望她死去，所以妳告訴楠她未來可能會死去，就像牠……」我指了指肩上的「貓」：「當初對我做的事一樣。接下來的部分是我的猜測，妳和楠並肩作戰，可能還幫助楠避開一些意外，但妳看見楠的未來仍舊沒有改變，她還是會在很年輕時死去，妳可能有去問過海叔，海叔看到的未來也是一樣……」

「你根本不懂！」小翼打斷我，聲音充滿了憤怒：「我們做過的努力才不像你說的那麼輕描淡寫，我幫她躲過三次車禍、兩次槍擊案，還有好幾次有東西從樓上砸下來。我陪她躲過這一切之後，卻發現我們的努力是沒有用的，你知道這種感覺有多絕望嗎？」

小翼冷笑一聲：「不、你連她剛分手時哭得有多傷心都不知道呢！我真搞不懂，你哪裡值得她這麼做？你知道她為了你做了什麼嗎？你要是猜得出來，我就讓你見她！」

「她……」我咬住嘴唇、緊握拳頭，好不容易才抑制身體的顫抖，再次張口時，熱淚湧上眼眶，鼻根酸澀，我用盡全身的力氣，才將答案說出口：「她為了我回到過去，回到我和她分手前的那一刻，取走了我的記憶，她也想辦法取走了和她相關的記憶，不讓我找到她……我猜的沒錯吧？」

小翼瞪大了眼睛，露出不可置信的表情。看來我說對了。

「我會猜到真相是因為《時光機器》這部電影。只是《時光機器》裡，無論回到過去多少次都會死去的是未婚妻；在我和楠的故事裡，無論如何都無法被拯救的卻是楠，

而她回到過去拯救的人則是我。」

我停頓了一會兒，等待淚意褪去：「我猜到答案時，也覺得這個答案匪夷所思，但這是唯一可能的解答，再說，有把『記憶化為真實』這個能力在，任何事情都有可能，我唯一不明白的是……她為什麼非這麼做不可？如果我不和她分開的話，會發生什麼事？」

「你會死。」小翼說。

「妳是指我當初替她挨刀的事嗎？那次是意外，一定還有別的事……」

小翼憤怒的打斷我的話。「當然還有別的事！我把你的記憶拿走了，你應該不記得了吧？」

「妳把我的記憶拿走了，我當然不記得了。」如果我還記得的話，妳是拿辛酸的嗎？

「不要打斷我說的話！」在被吐嘈就會惱羞成怒這方面，小翼倒是有幾分「貓」的風采：「還有你明明難過的要命，鼻涕都流出來了，現在為什麼有心情吐嘈呀！」

誰叫妳講話顛三倒四的，讓人不吐不快呀！

「咳，請繼續。」我比了一個請的手勢。

「小柔不是寄了一封信給你，告訴你楠病重的消息嗎？你以為你沒去看她，但其實你去了。」

我如遭重擊。

我收到信之後，的確把信撕了，但在那之後，我接到了楠的電話。

「好久不見，你好嗎？」楠小小的聲音從手機的另一端傳來：「我猜你很好，也沒道理不好。不過，我就不是很好了。」

記憶中的我沒有回話，但也沒有要掛掉電話的欲望，就只是靜靜聽著許久不見的她的聲音。

「喂，你在嗎？你在哪裡？」

「新竹。」

「喔。你不問我為什麼不好嗎?不對,你應該收到小柔寄的信了,我明明要她不要告訴你,所以你應該知道了吧?」

「嗯。」

「我想在……一切結束之前,好好的思考自己的人生。我想了很久,有一個問題我一直不知道答案。」楠的聲音斷斷續續,聽起來像是在發抖。「你為什麼要和我分手呢?」

她說完之後,重重的吸了一口氣。「你不用回答也沒關係,現在回想起來,其實當時分開是對的,因為如果我們一直交往到現在,你看到我現在這個樣子,一定會很傷心吧。」

「……妳一定會好好的。」我試著安慰她,卻發現不管說什麼都是如此的貧乏而無力。

「不用安慰我也沒關係……喂!你可不要偷哭呀!」楠反過來安慰我:「我聽說你交過幾個女朋友了,我不過是你的前前前女友,你不用這樣。」

「那不一樣!」

「的確不一樣。」楠嘆了口氣，那聲輕輕的一嘆隔著千里吹到我的心底：「我想，我到現在還是喜歡著你。所以，我想再見你一面。」

「我接到了電話，去看她……我有看到她嗎？」

「你有看到她，但你到的時候她剛好陷入昏迷，所以沒和她說到話。」小翼說：「然後，你回到家裡，打開瓦斯爐燒水，接著就蒙頭去睡了，水滾了潑了出來，把火澆熄了……要不是我提早預見了這件事，趕去救你，你就死了。」

「我、我不記得這件事，那是意外嗎？還是我……真的想死？」

「我不知道。我讀了你的記憶，那時候你什麼也沒想，所以我猜是意外。之後幾天你都心神恍惚，好幾次走在路上都差點被車撞死，我救了你好幾次，後來受不了了，乾脆把你打昏脫光吹了一晚的風，再想辦法讓你家人來照顧你，免得你一走出門就直接從樓梯上跌下來摔死。」

「還真是多謝了。」妳就不怕我得肺炎死掉嗎？

「不謝。」小翼哼哼了兩聲，繼續說：「我趕回去楠身邊時，她突然醒了。她問你是不是來過了，我說是，把你好幾次差點死掉的事告訴她。她說她猜得到你的反應，你原本就是這種為了她會不顧一切的笨蛋，從那時候你替她挨了一刀她就知道了，所以她原本不想聯絡你，希望你能就這樣忘了她，好好過日子。說著，她又睡著了。再次醒來時，她說她想通了一些事，然後她問我：『有沒有回到過去的方法？』」

「妳的能力真的可以讓人回到過去嗎？」

小翼搖了搖頭。「可以回到過去，但只能出現在夢中。我剛剛說過，妖精界是不受到時間干擾的，宇宙中所有有記憶的生物和妖精界有所連結。楠和我合作很久了，她比你更懂得如何想像，我能力也比『貓』強多了，靠著我的能力，的確能讓她回到過去。」

「然後，你們奪走了我的記憶，讓當時的我和楠分手。」我苦澀的說。

「她說『這樣我就可以安心了。而且先前那個未來的我也這麼做，所以我才會和他分開，所以不這麼做不行。』然後她哭了。『我當時這麼難過，原來都是自己害的，可是不這麼做又不行。』完成這件事之後，她病得更重了，醒來時總是愣愣的，不知道在想什麼，有時候則是又哭又笑。她一下子要我把你腦中和她有關的記憶全部取走，下一秒又說不要，她不希望你徹底忘了她，但又希望你可以不要為了她而不幸。」

「到了最後，她像平常一樣摸了摸我的下巴，說：『小翼，謝謝妳一直陪在我身邊，我有一個最後的願望，妳可以幫我實現嗎？』我當然說可以，我怎麼可能說不行呢？她是第一個幫我取名字的人，也是我第一個主人呀！」

小翼說著，眼角流出了淚水。

「她說『你聽清楚，我的願望是——拿走和我有關的記憶，讓阿哲永遠找不到我。』這時候她沒剩多少力氣了，她說話時一定得靠在我耳邊，否則我聽不見，但她的記憶、燃燒著她生命的記憶卻源源不斷湧進我的身體。」

「『這樣應該就可以了吧？他如果有一天忽然想起我來，我還是他心中的初戀情人，我永遠都是那個在海邊親吻他的女孩。』她的聲音在顫抖著，她的眼睛就要閉上

了，我拚命用頭蹭她的手，希望她能再摸摸我，但她的手連抬都抬不起來。」

「『在那年夏天，阿哲說過他想和我永遠在一起，那時候我不答應不是不想和他在一起，而是因為害羞，他應該會懂吧？』她幽幽嘆了口氣：『我好喜歡海，我也好喜歡阿哲，要是時間可以停止就好了，要是可以和他永遠在一起就好了……』」

「然後，牠取走了楠的記憶，使用了能力。」「貓」掙扎著從我懷裡爬出來：「牠因為擁有了大部分楠的記憶，人型變成了楠的姿態，牠取走了和楠有關的人的記憶，也驅使和阿亂有類似能力的妖精把資料取走，在完成任務之後，牠開始完成楠最後的願望——和阿哲永遠在一起。」

「妳說的永遠，就是殺了我、讓我永遠留在妖精界？」我不可置信。

小翼虛弱的喘氣，不知不覺間，牠的身體也開始變模糊。

「她確實希望你能夠幸福，但面臨死亡的恐懼、和不想死去的不甘心，讓她許下的願望變質了。她希望時光永遠停止在過去的那個海邊。只有妖精界的時光是永遠停止的，而且這裡的景象能夠依記憶塑造，只有在這裡，才能真正完成她的願望，這才是她所許願的『永遠』。」

「才不是這樣！她才不會希望事情變成這個樣子，妳自己也不希望這個樣子……」「貓」輕聲反駁：「因為我就是妳呀。」

「那『貓』又是怎麼回事？為什麼會有兩個小翼？」我問。

「我在幫助楠回到過去的時候過度使用能力，那時候我故意瞞著楠不說，但我在取走和楠有關的人的記憶後，我的生命也已經到了盡頭。我不怕死，但我不希望楠的願望隨著我的死亡消失，於是我來到了妖精界——只有在妖精界，我才能在肉體死去的情況下繼續存在。然後我許下最後的願望，創造出一個還活著的我……也就是你口中的『貓』。」

「等等，妳說創造？可是海叔說『貓』的記憶是被楠偷走的，這是怎麼回事？」

「『貓』剛創造出來的時候，腦中有一些和楠有關的記憶，我取走了這部分的記憶，並對牠下了暗示，要牠去找你，要牠把你帶到妖精界，也命令牠不可以輕易變身。至於你剛剛問的問題，可能是因為我身上有不少楠的記憶，所以海叔才會誤會吧？」

「等等！妳是說……『貓』一開始就是想殺掉我，所以才接近我的嗎？」

「才不是！」「貓」虛弱的反駁。

「我相信你，我知道你不會想傷害我。」我摸摸「貓」的頭，卻摸了個空，我試著不讓自己的聲音顫抖：「你也只有嘴巴壞一點、比較愛吐嘈一點，才不會傷害人呢！說不定牠在許願的時候，內心深處還是有一部分希望我能過得好好的，所以你誕生出來的時候只有好的一面。你是隻好貓，知道嗎？」

「貓」這才不說話，安安靜靜的待在我的懷中，此時我連手中有抱著東西的感覺都沒有了。

「也許你說得沒錯，我當初在創造牠的時候，其實也知道楠希望你過得好好的，但那時的我連思考自己真正的想法的力氣也沒有了。現在的我，也只是個接近怨靈的存在。」小翼蹣跚的站了起來：「來吧！已經成了怨靈的我，最後還能夠為你做一件事。」

「放我下來，把我放到小翼身邊。我和牠一起完成你的願望。」

我看見「貓」的影子拍了拍我的手，但我只感覺到輕微的氣流。

「我不要，完成我的願望之後，你就會消失了吧。」我死命抓著包裹住「貓」的襯衫不放手。

「我不是答應過你，會陪你去找楠嗎？現在就要找到她了，你在鬧什麼彆扭？」

「我不要！」我拚命搖頭：「我想見到她，但我也不希望你消失。」

「笨蛋！你還是不是男人！不要哭！好不容易能見到她，你想讓她看到你眼淚鼻涕全糊在臉上的樣子嗎？」「貓」說：「快點擦一擦你的臉，整理好你的儀容！不要讓楠後悔為你做這麼多事！聽見了嗎？定春，幫我打這個痛哭流涕的笨蛋一拳！」

定春聞言走上前打了我一拳。

「清醒過來了嗎？」

「是！」

「那還不快把你的臉擦乾淨！」

「是！」我拉起衣服的下襬抹了抹臉。「貓」說得沒錯，走了這麼長的路、努力了這麼久，我不是為了讓楠看到我過得很淒慘的樣子。

「你的下巴上有鼻涕。」定春看不下去了，翻了翻小文的包包找出面紙：「用這個擦吧。」

我接過面紙，擤了鼻涕，衣服的下襬剛剛擦過臉皺巴巴的，現在也不可能拿去洗衣店燙平了，只好紮進褲子裡，然後撥了撥頭髮，才終於覺得自己有了人樣。

「準備好了嗎？」「貓」轉頭看向定春：「我們的能力能將記憶化成真實，但我們目前的力量僅能夠創造出影像，無法創造出實體，所以可能得借小文的身體當作憑依，讓阿哲和楠見最後一面。別擔心，小文不會受傷的。」

「好。」定春想了想後補充了一句：「阿哲，你不准藉機亂摸小文！」

「我沒那個心情，再說我不是那種人好嗎？」我沒好氣的回道。

「等一下也要保持這種吐嘈的精神喔。」

定春說完這句話，我才發現牠是在為我打氣。

「要開始了。」「貓」說：「把手放到我身上，回想楠的樣子。」

我閉上眼睛。

許多沒有注意到的事情突然變得清晰。

好熱，太陽真的好大。即使閉上眼睛，眼底仍是紅通通的一片。海風在耳邊呼呼的吹著，海風吹久了，不知不覺間皮膚上爬滿了黏膩的濕意。許久沒有感受到這種感覺了，這是在海邊才會有的不舒適感，而我已經許久不到海邊了。

對了，我得想想楠的事。

為了保護她，走在路上時我總是讓她走在內側，我則站在她的左手邊，久了就成了習慣，換了方向就連路也不會走了。所以，她應該站在我的右邊。首先浮現在腦海中的是她直溜溜的長髮，明明沒有染髮，在陽光下看起來卻紅通通的，長髮隨風飛起的時候，看起來浪漫，但實際上拍打在臉上有點痛。

頭髮被風吹起來後，便露出她小巧的耳朵，因為皮膚太白，所以被曬一下就會發紅。還有鼻子，她的鼻子過敏，風一吹就打噴涕，常會擤鼻涕擤到鼻子破皮，她老是會威脅我要是沒帶面紙，就要拿我的衣服擦鼻涕，所以我大學時總是記得帶一包面紙，後來才慢慢沒了這個習慣。

不知道為什麼，先浮現的反而是這些零碎的回憶。煩躁時跺著腳的樣子、感到不自在時雙手抱在胸前的姿態、不高興時鼻子用力哼氣然後扭過頭去的模樣。然後才是和她牽手時，她用手指摳我掌心的繭，那種又麻又癢的觸感；還有她靠在我的肩上時，臉頰和肩膀相觸的溫度；抱著我哭的時候，眼淚從脖子流過鎖骨抵達胸口那種無奈的觸感。

最後浮起的才是她的笑臉，那時我好像說了某個不好笑的笑話，她笑得前俯後仰，眼睛瞇成一條線。

話說回來，我曾經說過什麼有趣的笑話嗎？也許，讓她笑得如此開懷的，是那段美好的時光吧？

「嘿！阿哲，我來了，你不打算睜開眼睛嗎？」

許久沒有聽見的聲音傳進耳中，讓我的心臟緊緊縮了一下。

「楠？」我的聲音比我想像中抖得更厲害：「是妳嗎？」

「不然會是誰？」楠不高興的跺了跺腳：「都到了這種時候了，你還問是誰？你是欠打還是欠揍？」

「欠打和欠揍都是一樣的意思吧。」我回嘴完，習慣性的轉頭看了一眼。

「都到這時候了還吐嘈。」楠捏了捏我的臉：「你喔～真的是一點也沒變耶！」

「呃……我快死的時候也會吐嘈。」回想起來，我這糟糕的個性真是令人絕望：

「而且，我這是為了讓妳有懷念的感覺呀！」

「的確，好懷念呢。」楠聳了聳肩：「我們之間的關係，也到了會用上懷念這個詞的時候了呀……」

我不知道該怎麼回答，氣氛一下子變得沉重起來。不，會沉重本來就是正常的。畢竟這可不是什麼多年不見的同學會，而是此生再也不會相會的生者和死者的會面吶。

我拉過楠的手，將雙手放在她的肩膀上，看著她的眼睛，鄭重說出我一直想說但卻沒有說出口的話。

「我一直都喜歡著妳，到現在還喜歡著妳。」我用力將她抱進懷裡，用力到胸口會疼痛的程度：「雖然我還不是真的很明白愛是什麼，但如果我這一生愛過任何人，那個人一定是妳。」

楠沒有說話。我可以感覺到她的胸口在激烈的起伏，然後她像是嘆息般呼了口氣，說：「我也是。我也一直喜歡著你。我以前一直沒告訴過你，我沒有真正的家人，所以我不是很明白到底什麼是愛。但我沒有剩下的人生了，所以，如果我這一生愛過人……如果那是愛的話，那我只愛過你喲。」

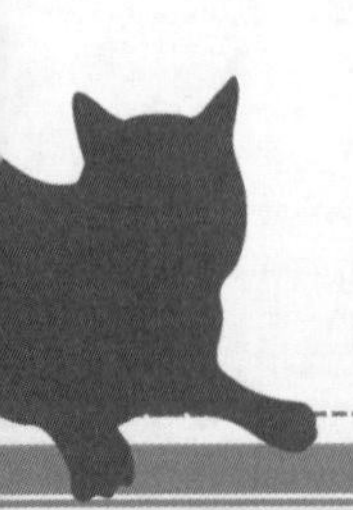

楠猛力推開我，抓住我的臉，臉靠了過來，用力咬住我的嘴唇，我還沒感覺到痛楚，嘴裡就嚐到血的鹹味，她的舌尖舔過我流血的傷口，和我的舌頭糾纏在一起。

眼淚和血混在一起，又苦又鹹。

她吻我的時候沒有閉上眼睛，而是熱切的望著我。那雙眼睛裡有某種彷彿要灼燒一切的東西，彷彿燃燒到最盛的火燄，在那之中有著對生命的渴望，還有對死亡的不甘。她一定不想死，她努力了這麼久，一定不想就這麼死去，但她卻不得不死。不管是什麼人，不、就算不是人，都會覺得很恨吧？恨到想將世界上所有擁有生命的生物拖進黑暗中的程度，但她沒有這麼做。

楠又輕咬了我的嘴唇一下，抓住我的肩膀，用盡全力把我推倒在地。

「我想盡辦法救了你，你可千萬不要隨便死了。」楠惡狠狠的說：「給我努力活到一百歲，否則別下來見我！」

然後她看向定春：「小白貓，我這就把你的主人還給你，快帶他們回去吧。」她想了想，又補充了一句：「幫小翼對虎胤說再見，你是個好哥哥，小翼希望你能好好照顧牠。」

她就要消失了，快點想辦法說些什麼呀！我在心中這麼大喊，但我完全發不出聲音，喉嚨只發出悲慘的嗚咽聲。

楠像是察覺到我內心中的呼喊，將視線移到我身上，忽然間，她的嘴唇動了動，臉上浮現了笑容，她舉起右手，像是要和我道別，但她還來不及搖晃手掌，楠的臉孔就融化了，露出小文的臉，往旁邊倒下。

定春衝向前，抱住小文，不讓她摔倒在地。

「我們走吧！」定春說。

「『貓』呢？」我恍惚的眨了眨眼睛，往「貓」和小翼所在的地方看去。

觸目所及之處，只剩下我和小文還有定春，「貓」和小翼已在不知不覺間消失不見。

我知道楠最後沒說出口的話是什麼。

——**不要忘了我**。

最後她沒有說出口，不是她不想說，而是她知道我會明白，她留在我嘴唇上的傷口有痊癒的一天，而我這一生絕對不可能忘了她。

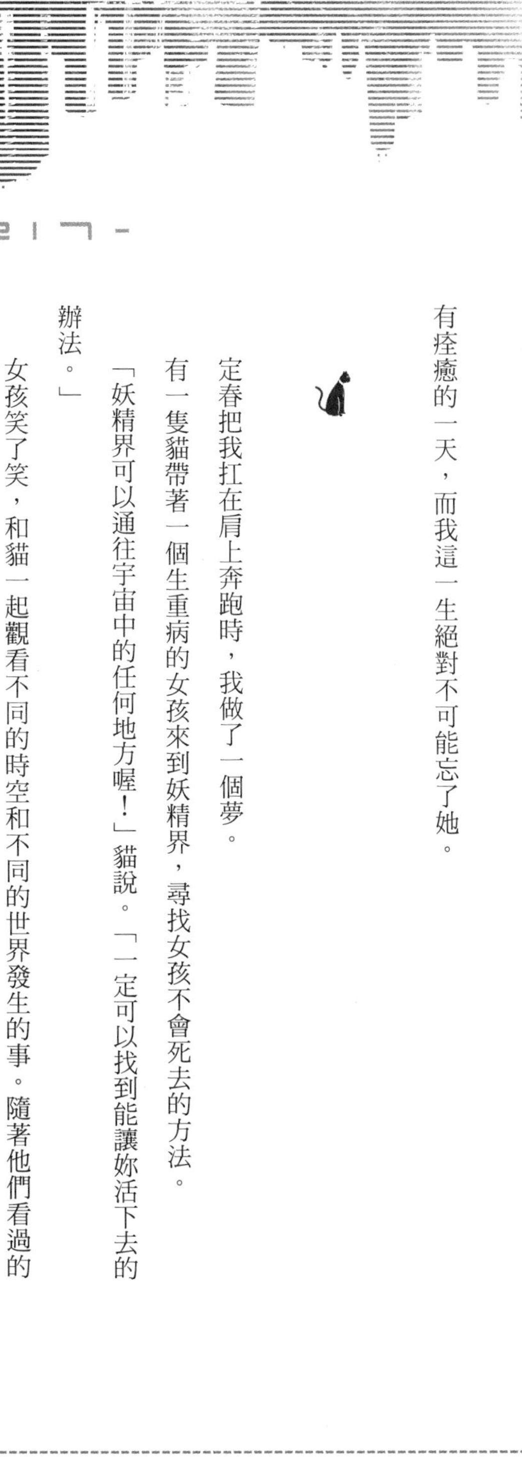

定春把我扛在肩上奔跑時，我做了一個夢。

有一隻貓帶著一個生重病的女孩來到妖精界，尋找女孩不會死去的方法。

「妖精界可以通往宇宙中的任何地方喔！」貓說。「一定可以找到能讓妳活下去的辦法。」

女孩笑了笑，和貓一起觀看不同的時空和不同的世界發生的事。隨著他們看過的世界越來越多，女孩的笑容就越來越勉強，最後變得面無表情。

我不想繼續看下去，因為我知道接下來發生的事。

他們盡可能的觀看了大多數的時空，絕望的發現——儘管宇宙中，有這麼多時空、這麼多世界和這麼多可能性，都無法找到拯救女孩的方法。

我情願女孩和貓咪一直找下去。

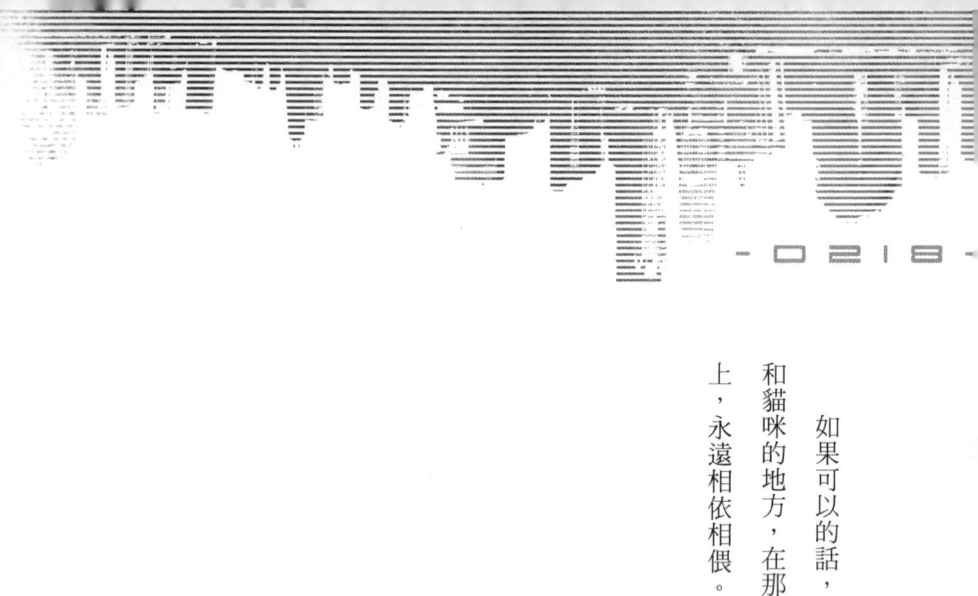

如果可以的話，我也想陪他們一起找。其實不找也無所謂，我只是想待在有女孩和貓咪的地方，在那個有著炙熱太陽的海邊，吹著海風，坐在被太陽曬得發燙的堤岸上，永遠相依相偎。

第？日·
海獺與咚咚咚

咚、咚、咚。

小橘紅舉起橘貓寶寶用力的敲打我的腦袋，嘴裡唸唸有詞喊著：「貝殼快破！貝殼快破！」

喂！我的腦袋可不是貝殼呀！打破也只有腦漿沒有貝肉呀！還有，妳用自己的小孩當武器打我又是怎麼回事？

腦海中的生態主播突然開始朗誦：「大家都知道，海獺是少數會使用道具的生物，海獺最常使用的道具是——石頭和小海獺。這個小海獺呢～不是普通的小海獺，而是別隻海獺生的海獺。」

等等！石頭還可以理解，海獺會拿石頭來敲貝殼大家都知道，但小海獺是怎麼回事？拿別人的小孩來敲貝殼嗎？別家的小海獺死不完？

彷彿是察覺到我的疑惑，腦中的生態主播又自顧自的說道：「海獺會綁架別隻海獺的小孩，藉此來換取食物。接下來我們來介紹自然界的吃軟飯高手……」

什麼？竟然是用來綁架，動物界也太陰險了吧！希望只是綁票不要撕票呀！

咚、咚、咚。

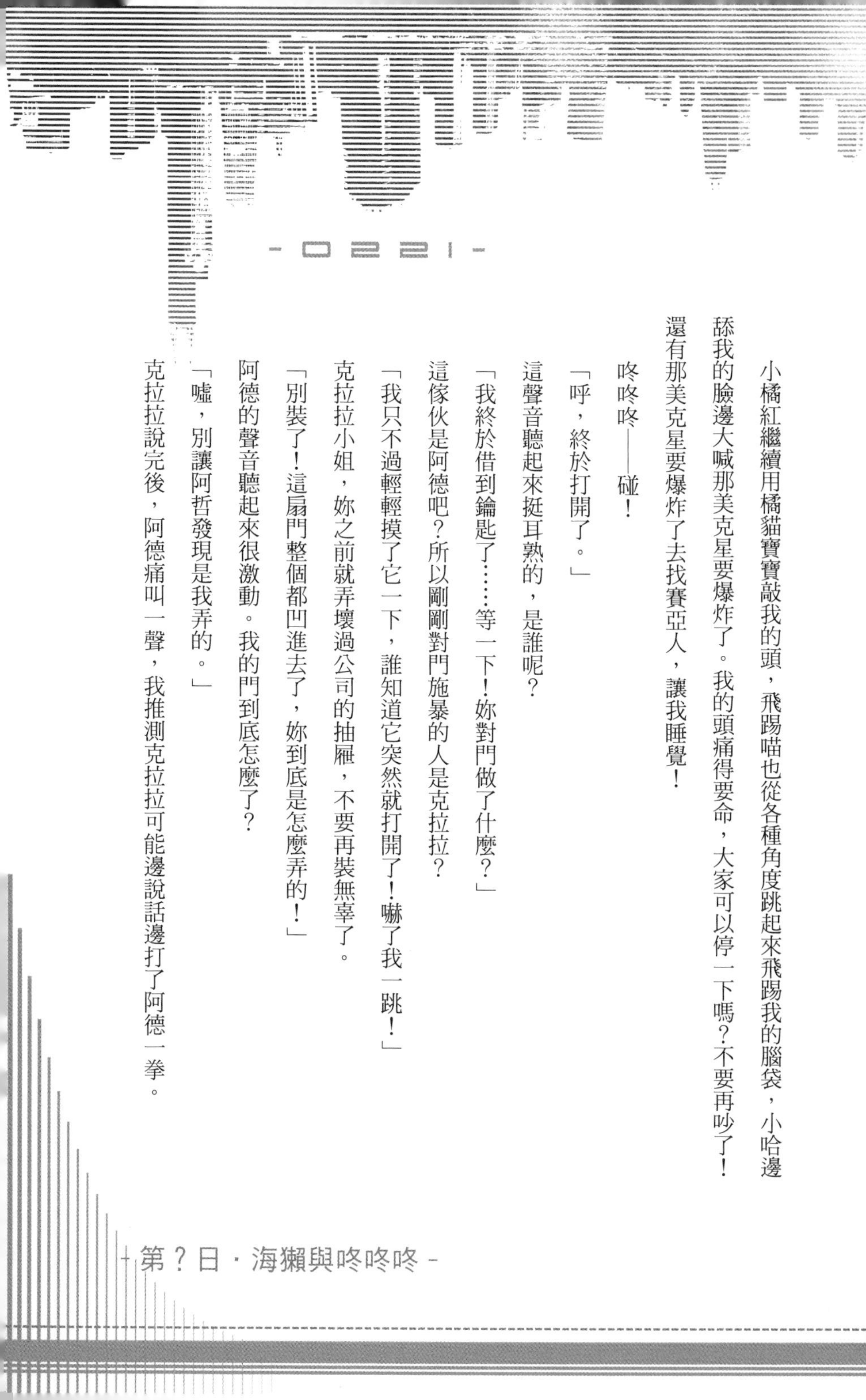

小橘紅繼續用橘貓寶寶敲我的頭，飛踢喵也從各種角度跳起來飛踢我的腦袋，小哈邊舔我的臉邊大喊那美克星要爆炸了。我的頭痛得要命，大家可以停一下嗎？不要再吵了！還有那美克星要爆炸了去找賽亞人，讓我睡覺！

咚咚咚——碰！

「呼，終於打開了。」

這聲音聽起來挺耳熟的，是誰呢？

「我終於借到鑰匙了……等一下！妳對門做了什麼？」

這傢伙是阿德吧？所以剛剛對門施暴的人是克拉拉？

「我只不過輕輕摸了它一下，誰知道它突然就打開了！嚇了我一跳！」

克拉拉小姐，妳之前就弄壞過公司的抽屜，不要再裝無辜了。

「別裝了！這扇門整個都凹進去了，妳到底是怎麼弄的！」

阿德的聲音聽起來很激動。我的門到底怎麼了？

「噓，別讓阿哲發現是我弄的。」

克拉拉說完後，阿德痛叫一聲，我推測克拉拉可能邊說話邊打了阿德一拳。

「要是他發現門是我打壞的怎麼辦……你幹嘛發抖?」

「我突然發現我平常對妳的態度太糟糕了。鐵門尚且敗在妳的鐵掌之下,我只是肉體之軀,恐怕承受不了妳的一擊。」阿德畢恭畢敬的說。

「有這種覺悟很好,我桌上那疊請款單就交給你了。喂、阿哲!你在嗎?」

房門被踹開,只見克拉拉踩著高跟鞋咖答咖答的走進來,阿德也一臉委屈的尾隨在後。

「阿哲,你還活著呀?唉唉!臉色好淒慘呢!你說什麼血?哪裡流血了?」

「什麼?阿哲你吐血了?」阿德緊張的衝了進來。

「我說的是——要脫鞋!」這就是所謂的三人成虎嗎?不對,他們只有兩個人怎麼就把話傳成這樣呀?

「先別管這種小事了,你今天怎麼沒來上班?」克拉拉問道。

「上班?今天是幾號?」聽到克拉拉報出的日期,我嚇了一跳:「我竟然睡了這麼久了?現在是什麼時候了?」

「中午囉!因為怎麼打你手機都沒人接,也沒看你上線,怡君叫我們殺過來看看,幸好你沒事。」克拉拉露出甜美的笑容：「人沒事就好，傳票晚點再做沒有關係。」

「我下午就去上班。」我爬下床，腳剛踩到地面，便覺得一陣天旋地轉。

克拉拉連忙扶住我。「小心點，我們幫你請假，下午好好休息吧。」

「我有多買一個便當，看你這麼慘就勉為其難的分你吃。」阿德說。

「啊、謝謝，你這樣吃得飽嗎？」阿德可是吃了兩個便當還會肚子餓的大食怪呀！

「不用擔心，我今天買了三個便當，而且今天還有主管請吃下午茶，你那份我就笑納了啊哈哈！」

難怪你會越來越胖！

阿德和克拉拉下午還要上班，確認我人沒事後，就揮一揮衣袖，留下一地的鞋印就去上班……外面在下雨都是泥巴呀混帳！

吃完便當，又躺了一陣子，翻來翻去怎麼樣都睡不著，我試著回想在楠消失之後發生的事，我只模糊的記得定春扛著我和小文跳過很多地方，中途好像曾停下來不知道和什麼人說話，接下來的事就完全不記得了。

我在心中呼喚定春，呼喚了一陣子定春都沒有出現，也許是在睡覺吧？

我緩緩移動到電腦前，看了幾個討論區和新聞，討論園區鬼打牆事件的人變少了，就算有新的回覆，也不是在這幾天遇到鬼打牆。反而有不少人在討論前天園區貓狗大量聚集的事，還有人提到要請捕狗隊來處理，我頓時有種衝動想回覆他：「那些貓狗都是妖精，牠們可是為了大家的安全在努力呀！」不過這種發言很可能會被圍剿，也不會有人相信，只好無奈的關了網頁。

看來裂縫已經成功的關閉了，不知道小橘紅、小哈還有飛踢、臭妹牠們怎麼樣了？「貓」說關閉裂縫需要大家的記憶，貓狗妖精需要花好幾個月才能恢復，也許得等幾個月之後才能看到牠們。

上了MSN，小文沒有上線讓我有點意外，這傢伙幾乎只要醒著就會開著MSN。難道她和我一樣昏迷不醒？我翻出手機撥了她的電話，她竟然沒開機，難道她真的出事了？

我是不是該去她家看看？轉念一想，我到了她家樓下，也辦法上樓，就算跟著房客上去，我也沒鑰匙能打開門。再說，如果小文發生了什麼事，定春應該會第一個衝過來找我吧？

還是說……定春也不能行動？

我走到後陽台，想看看有沒有貓耳美少年向我求救，結果只有一個空蕩蕩的陽台迎接我，沒有貓耳美少年也沒有軟弱無力的波斯貓，甚至連洗好掛在那邊懶得收的衣服都沒有。我拖著虛弱無力的身體走到這裡唯一的收穫是——知道雨下得很大和……我洗好的衣服還沒收起來又被雨潑濕了。

回想起來，第一次見到「貓」的那一天，我也是像這樣望著小文家的後陽台，發現了一名貓耳美少女，那時我擔心小文出了什麼事，連怎麼開門都沒想就帶著「貓」衝去小文的家。

啊、記得那時還遇到了一個懷疑我是壞人的鎖匠阿伯，他差點要叫警察來抓我了，幸好「貓」很快就解決了這件事，雖然「貓」的作法都讓人很想吐嘈，但幸好到最後都有驚無險……

但是，現在「貓」已經不在了，我得早點習慣才行。

尾聲．

沒有妖精的日常

接下來我又恢復到極日常的生活，每天除了上班就是加班，剩下來的一點點時間用來鬼混和睡覺。

在睡不著的夜晚我花了很多時間回想往事。

小翼說我曾在楠病危時去探望她。從妖精界回來後，我想起了許多已經遺忘的記憶，但只有這件事怎麼想也想不起來。只記得剛來新竹不久時，有一次感冒很嚴重，一醒來就看到原本應該遠在嘉義的老媽，小翼說的大概就是那時候的事吧。

那時的我到底看見了什麼、有著什麼樣的心情，我都已經無從了解，我只知道，即使我和楠已分開了許多年，就算我已有了心理準備，只要一想起楠死去這件事，我還是會心痛到無法呼吸。

醒著的時候，我還能告訴自己：楠要我活下去，所以我應該要開開心心的活著。所以我還能揚起嘴角、和同事隨意說些無聊的笑話。但我無法控制睡夢中的自己，好幾次醒來時總是淚流滿面。

我每天都會照鏡子，嘴角被楠咬出的傷口一天一天變小，直到傷口完全消失，我心中的傷口還是完全沒有痊癒的跡象，但我漸漸能習慣傷口的存在，珍惜它帶給我的疼

痛，彷彿那個痛楚證明了那段時光並沒有消失。

我有時會試著想像楠的童年、那些她沒有告訴過我的往事，她說她沒有家人，所以不懂得愛人，到底是怎麼樣的過去才會讓她說出這些話，光是想到這裡心情就變得很悲慘。她不告訴我也許是對的，她希望她在我心中永遠是那個在陽光下微笑的少女。

不回想往事的時候，我會起來看電影。本來以為看一些悲劇電影邊看邊流淚會讓我好過一點，結果電影裡值得吐嘈的點太多，我在凌晨時分邊看電影邊吐嘈，吐嘈累了倒頭就睡。

這也是一種生活方式。

不加班的時候，我就會到貓狗妖精常集會的公園晃晃，結果貓狗沒看到半隻，半夜放閃光的情侶倒是不少，讓我的心情變得更差了。

小文一直沒接電話，也沒有上線。

我持續呼喚定春，定春一直都沒有出現。

我想請雨綸代為聯繫小文，但雨綸也一直沒上線，手機也打不通。

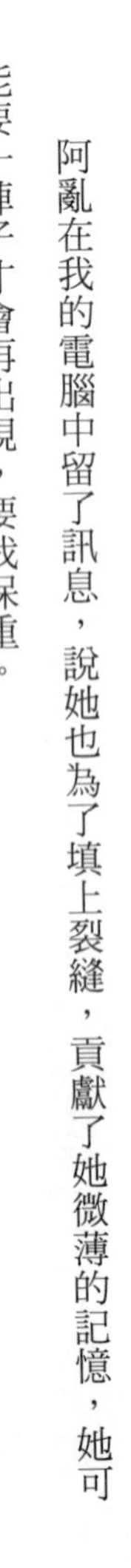

阿亂在我的電腦中留了訊息，說她也為了填上裂縫，貢獻了她微薄的記憶，她可能要一陣子才會再出現，要我保重。

園區有時會出現一些神秘事件，可能是先前從裂縫中跑出來的流浪妖精做的，但都沒造成什麼太大的困擾，看來貓狗妖精們在關上裂縫前解決了大多數的流浪妖精。

有空時，我也會帶著罐頭到第一次遇見「貓」的地方，啪的打開罐頭後，貓咪們一聞到味道就從角落探出頭，我放下罐頭慢慢退後，貓咪們才走出來嗅了嗅罐頭。

「不要擔心，那些是請你們吃的。」

我一開口說話，貓咪們就警戒的抬起頭，拱起肩膀，一副隨時要逃跑的模樣。這些流浪貓都是我不認識的貓，我之前認識的貓咪們都到哪裡去了呢？

日子就這樣一天又一天過去，我生活中所有的妖精全都消失了。只有在某一次到公園散步的時候，遇到一個女孩子牽著一隻有點像小哈的哈士奇散步，我還沒辦法確定是不是小哈時，女孩和哈士奇就走遠了，我也只好繼續往前走。

我答應了楠要努力活下去。

距離「貓」消失已經一個月了，我又回到了「貓」出現以前的生活，唯一的差別是小文也從我的生活中消失了。

我曾試著打電話去小文的公司，請總機幫忙轉接，講話很嗲的總機小姐說：「她不在公司喔！請問有什麼事嗎？」

總機說的是「她不在公司」，而不是「她離職了」或「她不會來了」，這代表小文應該沒什麼危險，至於她到底為什麼不在等更深入的問題，我怕會帶給小文不必要的困擾，所以沒有繼續問下去。

在某個令人昏昏欲睡的下午，我無聊的瀏覽網路上的文章，正感到昏昏欲睡時，突然聽見《少女的祈禱》的聲音。

垃圾車來了！

每天下班都趕不上垃圾車，家裡已經累積了一堆垃圾，我趕緊把還沒包的垃圾包一包，拎著沉重的垃圾往樓下衝去，這時垃圾車正好停在紅綠燈前，我用百米衝刺的速度

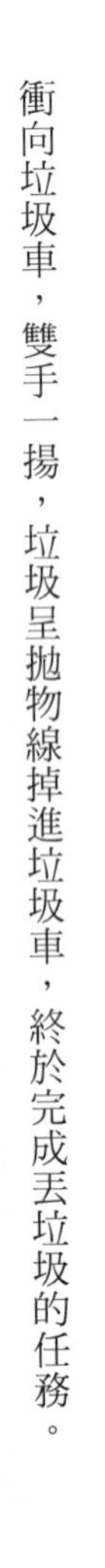

衝向垃圾車，雙手一揚，垃圾呈拋物線掉進垃圾車，終於完成丟垃圾的任務。

我喘著粗氣往回走，被從我身邊經過的歐巴桑調侃了一句：「少年仔，只跑這樣就喘成這樣，身體太虛了喔！」

附近來丟垃圾的人丟完垃圾也紛紛走回家，這時我發現前面有個女孩的背影看起來很像小文。

「小……」叫出口的瞬間，我才發現那個女孩是留著一頭短髮，最長的地方只到下巴，髮梢稍微有點燙捲，之前怡君好像也燙過這個髮型。

而小文是從來不剪短髮的。

我不死心，快步走向前想看清女孩的臉。女孩脖子旁像圍巾的白色絨毛物體忽然動了動，轉過頭來，露出金色的貓眼和粉紅色的小鼻子。

是定春！那麼、抱著定春的人一定是……

女孩察覺懷中的白貓轉過了頭不知道在看什麼，轉過身來，露出了熟悉的臉孔，發現白貓看的是我時，女孩露出了可愛的笑容。

「阿哲，好久不見。」小文說。

「真的好久不見了，最近很忙？都沒看到妳上線。」我說。

「唉！別說了！我之前突然被叫去大陸出差忙得都快哭出來了，哪有空上線呀！」小文嘟起嘴巴：「害我快二十天沒看到定春和虎胤，真是氣死人了！」

啊、原來是出差呀！我突然鬆了口氣。

「去那麼久，那誰來照顧定春和虎胤？怎麼沒找我？」

「本來是想找你啦！可是你手機沒開機，當時又很趕，只好請雨綸把牠們帶回家照顧了。」

「呃、牠們和飛踢的感情有變好嗎？」我伸手摸摸定春的頭，定春扭頭閃開。

「當然沒有，聽說牠們每天打架，感情恐怕變得更差了。對了，雨綸之前被騷擾，所以換了 MSN 帳號，現在的小男生真是的……定春，你幹嘛一直亂動？」

從剛剛開始，定春就一直很不安分的扭來扭去，都不看向我，不知道在鬧什麼彆扭。小文安撫的拍了拍定春的背，定春竟然直接鑽進小文的雙峰間，不想看向我。

「奇怪了，定春平常不是滿喜歡你的嗎？」

「我也不知道，大概是在鬧什麼彆扭吧？」奇怪了，我哪裡得罪這隻波斯貓了？不過之前我也是莫名其妙就得罪牠主人，幸好時間一久，小文就忘了要跟我鬧彆扭的事了：「對了，妳剪頭髮了，新髮型很可愛喔！」

「謝謝。」小文有些害羞的摸了摸頭髮的尾端：「第一次剪這麼短，有點擔心會不會不適合。」

「怎麼會想剪頭髮？」如果你以為我會問她是不是失戀了，告訴你，一看到女孩子剪頭髮就問是不是失戀是白目的行為，千萬別這麼做。

「應該是……想改變心情吧？」小文將下巴靠到定春的額頭上蹭了蹭：「唉、跟你說應該也沒關係，其實是……以前喜歡過的學長結婚了，覺得感觸良多。」

「怎麼說？」

「感覺大概是……曾經是同伴的人，本來以為大家一直都是小孩子，但突然有一天，同伴突然變成大人了。大概是這種感覺。你不覺得結婚是大人的行為嗎？」

「大概吧。」至少結了婚才能合法做大人愛做的事。

「我總覺得結了婚就變成大人了，多少有點被同伴拋下的感覺。」

「所以剪了頭髮。」

「嗯。」小文又摸了摸髮尾：「這個髮型真的適合嗎？」

「我看看。」我認真的看了十秒鐘左右。

「怎麼樣？」小文似乎很緊張，雙手交叉將定春緊緊抱在懷裡。

「我很喜歡喔。」我伸手摸了摸小文的頭：「真的很喜歡。」

「喜歡什麼？」小文愣愣的問：「髮型嗎？」

我笑了笑。「妳說呢？」

「你、你、你這樣說，我會誤會喔！」小文結結巴巴的說。

我捻起小文黏在臉頰上的髮絲，將其塞在耳後。「就算誤會也沒關係呀！」

「啊！我突然想到要去便利商店繳費，你幫我抱一下定春，我馬上回來！」小文慌亂的將定春塞到我懷裡，摀著臉一溜煙跑掉。

小文一走，定春就皺起眉頭不高興的說：「你不守約定！」

「什麼約定？」我一頭霧水。

「你趁機亂摸小文，你還親了她！」定春憤怒的指控。

「我才沒有！」我明明是被親的好嗎？

「哼！」定春扭過頭去，不肯看我。

「唉，你不要生氣了好不好？」我放下人類的尊嚴懇求這隻波斯貓不要生氣：「之前見不到你，我真的很難過，你要怎麼樣才能不生氣？」

定春哼了兩聲，垂下耳朵小小聲的說：「你知道怎麼做。」

……要記憶是吧？

「來吧！」我閉上雙眼。

完事之後，定春滿足的嘆了口氣：「太好了，又可以變成人型跟蹤小文了。」

這傢伙到底有多愛跟蹤主人呀！

「可以跟我說說後來發生的事嗎？」

定春露出說太多話很麻煩的表情。

「你可以長話短說。」

「我扛著你們依原路回去，在迷宮遇到了之前在妖精界見到的灰髮男子，他帶我走捷徑回到人間界，剛好趕上時間。對了，飛踢汪也跑來幫忙，大家都貢獻了自己的記憶，順利關上裂縫。」

「所以大家才會消失？」

「嗯，記憶提供得比較多的，不要說變身了，連說話都不行，有些連自己身為妖精時的記憶都不太記得了，大家應該都待在家裡，不會出來亂跑，所以可能要再隔一陣子才能看到大家。」定春動了動耳朵：「反正這樣也比較安靜。」

「說的也是。那……『貓』呢？」我知道牠們消失了，但我還是想從定春口中知道解答。

「不見了。楠一出現，『貓』和小翼就消失了。」定春在我的頸邊蹭了蹭：「不要難過。我會陪你……要提供我記憶喔！」

「好啦、好啦，我知道了。」這隻只想著吃記憶的傢伙！我又想到一件事：「對了，小文知道你會變身後的反應怎麼樣？」

定春露出了古怪的表情。

「她回來現實世界後就忘了這件事。可能是小翼把她帶走時也偷走了一些記憶吧？」定春動了動耳朵：「小文出來了。」

我抱著定春往小文的方向走去，忽然間有什麼毛茸茸的東西在我的腳邊蹭了一下，飛快的跳上矮牆。

我回過頭，一隻銀黑相間的虎斑貓居高臨下看我。

「喂，你七十年後會死。」「貓」說。

「這次是七十年呀！活著麼久，退休金可能要多存一點。」我說。

「都什麼時候了還想著退休金呀！你看到我都沒別的話好說嗎？」感覺「貓」似乎瞪大了眼。

「像是什麼？」

「像是歡迎回來還是太好了之類的……你幹嘛抱我抱那麼緊啊啊啊！」

——End。

超級喵喵生死鬥

之 決戰時尚POSE 即將登場！

喵一：大家好！我是超級喵喵的經紀人微風婕蘭，暱稱是喵一，先來介紹我家的參賽選手～

超級喵喵參賽選手定春，有別於在《都市貓》中的萌萌形象。現實中的定春特色是令人顫抖的強烈鄙視眼神，缺點是不管怎麼拍表情都一樣，而且因為太在意形象，POSE都差不多。

定春：才怪！我明明就超FASHION！

定春：你看！有誰能一邊舔腳底、一邊露出如此Fashion的眼神？

喵一：我才想問你為什麼舔腳毛要露出這麼殺的眼神勒！你還有什麼時尚POSE，通通擺出來吧！

定春：如何？翻肚肚時要巧妙的露出粉紅肉球是常識喔！

喵一：什麼常識？可惡，真的好可愛（摸肚肚）不對！現在在比的是最時尚的POSE，不是在比賣萌呀！

定春：哼哼，看來只好拿出大絕招了……看～我～的～

喵一：（驚）你的腰沒事吧？
定春：哼哼！優秀的柔軟度可是成為超級喵模的必備條件呢！

喵一：接下來，我家下一位參賽選手是～虎胤！

虎胤：大家好

喵一：超級喵喵選手虎胤，在書中總是以天真無邪的小貓形象出現，現實世界中的體型比定春更大，特色是天真無邪的大眼和宛如化上濃妝的超媚眼線，缺點是要拍照時總是會瞬間移動，難以捕捉到特殊的POSE。

定春：（亂入）才怪，明明就是你的拍照技術……

喵一：才不是！（把定春趕到別棚）虎胤，來幾個時尚的POSE吧！

虎胤：喵？時尚是什麼？可以吃嗎？（翻肚肚）

喵一：妳的睡姿也太豪邁了，妳是女生呀（抱頭）

虎胤：我的肚毛很捲，也算一種時尚嗎？

喵一：也、也算吧……換下個POSE吧！

虎胤：喵～那條晃來晃去的繩子是什麼？
（興奮地看著相機的繩子）

喵一：大頭喵嗎？也不錯呢
（擦鼻血）

虎胤：喵……拍好了嗎？有點睏了……

喵一：猶抱琵琶半遮面的羞澀感嗎？不錯不錯，復古也是一種FASHION呢！

虎胤：琵琶是可以吃的嗎？

喵一：……你餓了吧？來吃飯吧
（摸頭）

話說為了成為貓咪時尚界的閃亮之星，
所以年度盛事(?)「時尚POSE伸展台」就這樣悄悄的展開了～
~~據說摘下后冠的貓可以獲得高級罐罐終生免費吃到爽的獎品~~
這個風聲當然傳到了有招風耳的小隻耳裡……

Y：你跟時尚完全扯不上邊，還是不要自取其乳辱了。

小隻：妳不知道我可是時尚界的第一把交椅嗎？第一名我拿定了！！

小隻：我得到后冠了！！！
罐罐吃到爽是我的了！！！
（呀比～）

Y：不要自己去買后冠來戴！！！
（把后冠巴掉）

小隻：小氣鬼！！！！！
不要逼我使出絕招……

一 字 馬
小隻：怕了沒！？
一字馬你會嗎你會嗎你會嗎？？

Y：想不到胖歸胖，腳骨還是這麼的軟Q
而且還知道要把重點部位遮起來！！！

小隻：因為我不想讓這本書變成限制級。

Y：揪甘心ㄟ～

小隻：重點就是你的手要呈
交叉姿勢，雙腳與肩同寬，
然後小菊花露出來～
凡是妹阿看到都會跑過來要
求合照你知不知道？想成為
把妹之王就要把老師的話聽
進去！

Y：謝謝妹阿的指導，我明
天就這樣去把老師！！！
（咦？）

小隻：這樣我就是冠軍了，
對吧？

特別加映：
「雙手交叉屁股臭臭之伸懶腰也可以如此時尚」

飛踢：時尚POSE
簡單啦！我本身就
是時尚的化身，不
用比都知道結果。

Y：如果跟小隻比
的話，你是贏他沒
錯。

飛踢：所以我就說
吧。

Y：為什麼連你也有后冠！

飛踢：剛剛跟小隻拿的，我
戴起來超適合的～

Y：雖然很合適但是不要作
弊！！（巴掉后冠）

飛踢：呿，小氣鬼……
好吧，我只好來示範一下什
麼是時尚好了。

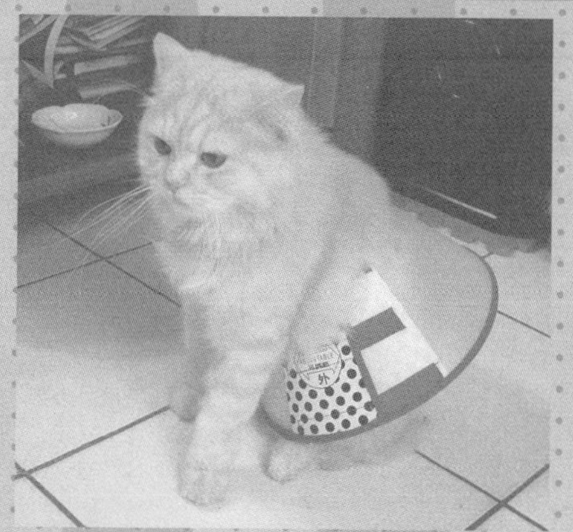

飛踢：羞羞圈不只能戴在脖子上，也可
以當作裙子來穿喔！！
這是今年最IN穿法，只要照這個穿衣守
則，你就是時尚達人了！

Y：哇～好棒！！
我也要去買一個羞羞圈來戴（咦？）

飛踢：蚌殼精也可以萌起來喔！

丫：好可愛的蚌殼精，感覺可以吃很飽的樣子（舔）

飛踢：所以后冠可以還我了嗎？

喵一：沒想到小隻竟然會天后JOLIN的絕技一字馬！

丫：定春的太極圖也是技術高超呀！

喵一：可惜虎胤就只會賣萌裝可愛呀！

丫：難道老大都比較有才藝嗎？

喵一：應該是老么比較精通賣萌之道吧……

雖然小隻和飛踢搶先戴了后冠，但只要有心，每隻喵喵都是超級喵喵！
恭喜四隻喵喵同時獲得超級喵喵的寶座～（奏樂＋戴后冠）

想看更多超機車Man的小隻或是超萌的飛踢嗎？
歡迎到Yuna的《美男子的神秘後花園》拜訪喔！
Yuna部落格：http://yunasuki.pixnet.net/blog

後記 ·

今天同事問我：「高雄有什麼地方好玩？」

因為已經許久沒回去高雄了，而且我本身是個路痴，所以我打開網路地圖，邊回憶過去喜歡的餐廳，邊查起地圖，查著查著突然覺得好懷念、非常懷念，是那種連血的流速都加快的懷念法。

長時間住在海邊是很特別的體驗，宿舍的窗戶一打開就能看到海，去文學院上課也會看到海，騎車出去買晚餐也會看到海，可以看到海從早到晚不同的變化，就算離開了學校，閉上眼睛，好似還能聽見海浪拍打在岸上的聲音，彷彿我的心中也有一片海洋。

我好想回去那片海邊，坐在堤防上什麼都不做，就只是聽海的聲音。

以前的我曾經想過，有些事大概永遠都不會忘記，處在當下的自己，常會覺得自己的心情永遠都不會變，甚至覺得心裡的傷口永遠都不可能復原。但在多年之後，我慢慢體會到許多東西是會隨著時光流逝被帶走的。

《都市貓》是以記憶為主題的故事，故事中的人物不斷經歷失憶和恢復記憶的過程（仔細想想他們真的好辛苦呀！）。阿哲用盡全力、跌跌撞撞的想留住過去的時光，但時間卻不允許他繼續等待，時間的洪流推著他繼續往前進，他只能將心中重要的回憶藏在心底，努力往前邁進，畢竟只要努力活著，總是會發生好事，而且那群吵吵鬧鬧的貓狗妖精會繼續陪著他的——不陪還不行，貓狗妖精會砰一聲踹破窗戶跑進來，還會跑到辦公室跟監……感覺好像是很愉快的生活喔？

看到這裡應該猜得出來，《都市貓》這部作品包含了很多我個人的體驗，能夠完成這部作品真的非常高興也感觸良多，附帶一提的是，寫到快結局的某個地方，我突然毫無預警的哭出聲來，以前不曾有過這種體驗真是嚇了一跳，至於是哪個地方就暫時保密。希望這本書能帶給你歡樂和感動，如果有因此而感到感傷的讀者，歡迎來找我秀秀。（笑）

接下來的作品也許會稍微和《都市貓》有關，之後有機會也想寫寫正統的奇幻故事。說真的，要和這些吵鬧又任性的角色分開有點寂寞呀！我會想念阿哲和「貓」的吐嘈，還有阿哲的同事們雖然出場不多，但我覺得他們挺有趣的（本來阿德沒出場機會，最後還是讓他出來溜溜），當然還有那些可愛的貓狗妖精們——寫作途中常會覺得如果放任這些貓狗妖精盡情「聊天」的話，可能寫了一整本書劇情都沒有進展。

雖然要告別會變身成美少年的定春和能變身成小蘿莉的虎胤，但我還是會繼續擔任不會變身的定春和虎胤忠心的貓奴。喔，對了，最近我終於開了粉絲團——《微風婕蘭與定

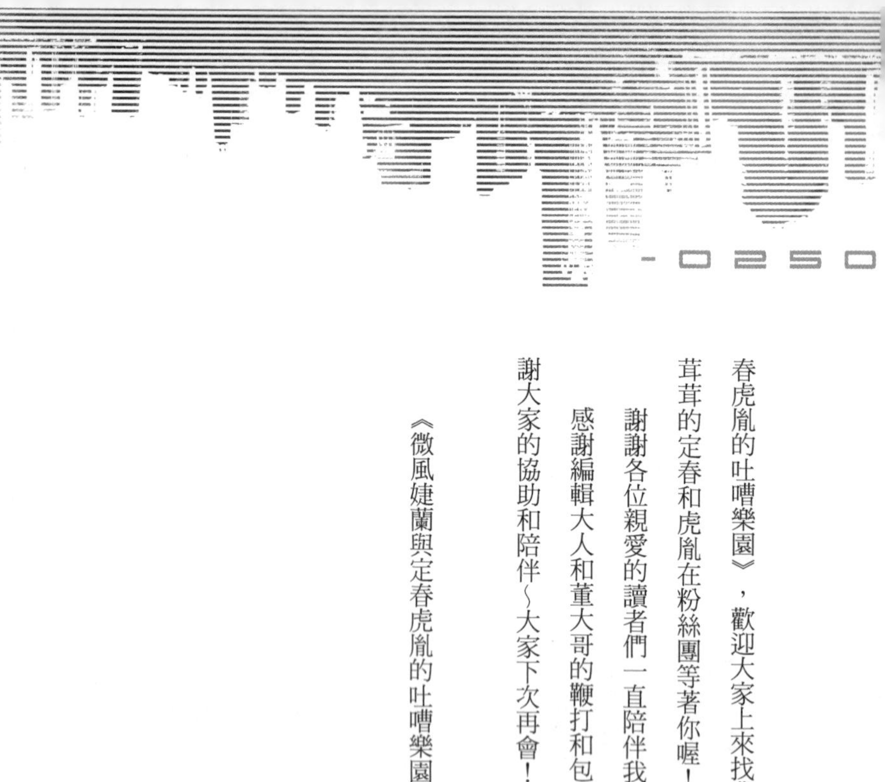

春虎胤的吐嘈樂園》，歡迎大家上來找我玩（好啦要鞭打也可以，請鞭小力一點>_<），毛茸茸的定春和虎胤在粉絲團等著你喔！

謝謝各位親愛的讀者們一直陪伴我到《都市貓》完結，愛你們喲！

感謝編輯大人和董大哥的鞭打和包容，還有我每次都非常期待繪者NekoiF的插畫，謝謝大家的協助和陪伴～大家下次再會！

《微風婕蘭與定春虎胤的吐嘈樂園》粉絲團：http://www.facebook.com/lunacat322

奇✳幻✳愛✳情
知名文學網VIP
Google搜尋排名前10
你究竟是誰……？
讓我畏懼、困惑，又不自覺的想要靠近……
－觸動✳星星之眼的淚－
星神魔女
01
NOVEL 魔女星火
ILLUST 永梨
前生的遺憾　今世的再逢
流轉時光，曠古千年の愛戀。
背負罪孽的惡鬼 與 眼藏辰星的少女
靈魂的共鳴，讓兩人 相遇，
又讓他們再度 靠近……
也許，命運早在一開始就計算好了？
12/26 以靈魂為誓
★更多詳細內容請搜尋★
不思議工作室
立即搜尋
典藏閣
采舍國際
www.silkbook.com
版權所有© Copyright

都市貓/微風婕蘭作. — 初版. --新北市：
華文網，2011.07-
冊；　　公分. --(飛小說系列)
ISBN 978-986-271-292-4(第4冊：平裝). ----

857.7　　　　　　　　　　100010684

飛小說系列038

都市貓04(完)-愛情與記憶的迷宮

出版者■典藏閣
作　者■微風婕蘭　繪　者■NekoiF
總編輯■歐綾纖
製作團隊■不思議工作室
郵撥帳號■50017206 采舍國際有限公司（郵撥購買，請另付一成郵資）
台灣出版中心■新北市中和區中山路2段366巷10號10樓
電　話■(02)2248-7896　傳　真■(02)2248-7758
物流中心■新北市中和區中山路2段366巷10號3樓
電　話■(02)8245-8786　傳　真■(02)8245-8718
ISBN■978-986-271-292-4
出版日期■2012年12月
全球華文國際市場總代理／采舍國際
地　址■新北市中和區中山路2段366巷10號3樓
電　話■(02)8245-8786　傳　真■(02)8245-8718
新絲路網路書店
地　址■新北市中和區中山路2段366巷10號10樓
網　址■www.silkbook.com
電　話■(02)8245-9896
傳　真■(02)8245-8819

☞您在什麼地方購買本書？☜

□便利商店＿＿＿＿ □博客來 □金石堂 □金石堂網路書店 □新絲路網路書店

□其他網路平台＿＿＿＿ □書店＿＿＿＿市／縣＿＿＿＿書店

姓名：＿＿＿＿ 地址：＿＿＿＿

聯絡電話：＿＿＿＿ 電子郵箱：＿＿＿＿

您的性別：□男 □女

您的生日：＿＿＿＿年＿＿＿＿月＿＿＿＿日

（請務必填妥基本資料，以利贈品寄送）

您的職業：□上班族 □學生 □服務業 □軍警公教 □資訊業 □娛樂相關產業

□自由業 □其他＿＿＿＿

您的學歷：□高中（含高中以下） □專科、大學 □研究所以上

☞購買前☜

您從何處得知本書：□逛書店 □網路廣告（網站：＿＿＿＿） □親友介紹

（可複選） □出版書訊 □銷售人員推薦 □其他

本書吸引您的原因：□書名很好 □封面精美 □書腰文字 □封底文字 □欣賞作家

（可複選） □喜歡畫家 □價格合理 □題材有趣 □廣告印象深刻

□其他＿＿＿＿

☞購買後☜

您滿意的部份：□書名 □封面 □故事內容 □版面編排 □價格 □贈品

（可複選） □其他

不滿意的部份：□書名 □封面 □故事內容 □版面編排 □價格 □贈品

（可複選） □其他

您對本書以及典藏閣的建議＿＿＿＿

＿＿＿＿

＿＿＿＿

✌未來您是否願意收到相關書訊？□是 □否

印刷品

請貼
3.5元
郵票

235 新北市中和區中山路二段366巷10號10樓

華文網出版集團　收

（典藏閣－不思議工作室）

貓
de la ciduad

◆請務必填寫有效e-mail郵箱，以利通知相關訊息，謝謝◆

From ____ @ ____